JN177541

集英社オレンジ文庫

ボタン屋つぼみ来客簿

—さまよう彼らの探しもの—

きりしま志帆

Contents

イラスト／深山キリ

第一章　星を探して

トグルボタン

ダッフルコートなどに使用されている、角型、または円柱型のボタン。紐にかけて留める。

皆月菜乃香《みなづきなのか》はイライラしていた。

ムカムカして、むしゃくしゃして、虫歯がうずいているような顔で裏通りをずんずん進んでいた。

夏の盛りの太陽が、ギラギラと世界を焦がしていた。

見上げた空は嘘くさいほど白っぽく、反対に、ビルの谷間に落ちる影は塗りつぶしたように真っ黒で、「なんでこんなに暗いのー」なんて心の中でぶつくさ言いながら、それでも菜乃香は狭い路地を突き進んでいた。

ふとローファーのつま先に何かが当たったのは、そのときだった。思わず立ち止まると、赤い空き缶が、ころころと足元で半円を描いていた。

「なんで路上に捨てちゃうかなぁ」

菜乃香はじっとりとそのゴミを眺め、昔やった缶蹴《かんけ》りみたいに、カコーンと思いきり蹴飛ばしてみた。そうやってゴミ箱まで運んでいくつもりだったが、八つ当たりでもあった。

空き缶でも蹴っていれば、少しは気が晴れるんじゃないかと思ったのだ。

しかし期待外れもはなはだしく、二度目のキックで缶はなぜだか真横に飛んだ。

「うそぉー」

思わず天を仰《あお》いだ菜乃香を置いて、缶は脇道に入りこみ、カツン、カツーンと、壁にぶつかりながら遠ざかる。やがてどこかで止まったようだ。路地をのぞくと、ノラ猫しか通らないだろう細い道の奥に、筒型《つつ》のシルエットが浮かんでいた。

「……このままじゃ、あたしがゴミを捨てていったみたい……だよね……」

はあ……と一度ため息をつき、そろそろと路地へ入って行く。

こうなったら最後まで付き合うしかない。あの空き缶をゴミ箱のところまで蹴っていくのだ。今度は慎重に、ちょっとずつ。

そう自分に言い聞かせながら、コツン、コツンと空き缶を蹴って、路地を抜ける。

すると、突き当たりで風変わりな建物に出くわした。

もう何年も日が差していないような路地裏に向かって、あえて立派な玄関扉を備えた建物。古いロッジ風で、上がり口に看板がさがっている。

「……ボタン屋さん？」

少しそちらに近づいて、しげしげと外観を眺める。

濃いカラメル色のつややかな扉に、マンホールの蓋《ふた》くらいありそうな大きなボタンの形の看板がかかっていた。「へー」と、思わずつぶやいていた。この街で十八年も生きてきたのに、こんな寂しい場所に店があるなんて、ちっとも知らなかったのだ。

「なんか面白そう」

にやりとして、空き缶の存在を忘れて店へ続くステップに足をかける。

ローファーで軽やかに駆けあがれば、膝上でチェックのスカートが揺れ、首元に締めた赤いリボンが、そしてサイドでゆるくまとめた髪の毛が、ふわ、と躍る。そうして扉の前で両足をそろえ、ひと息に真鍮《しんちゅう》のノブを押しやると、カランコロン——と、頭上でバンブーチャイムがのんきな音を立てた。

「——あれ？」

いざ店内に足を踏み入れると、菜乃香は肩にさがるスクールバッグの紐《ひも》を握りしめ、その場に立ち尽くすことになった。

橙《だいだい》色の光を降らせるペンダントライト。壁から壁へ渡される飴《あめ》色の細いテーブル。そこにたったひとつ寄り添っている、うんと脚の長いスツール。

薄暗い店内は、まるで老舗《しにせ》の珈琲《コーヒー》店のような雰囲気《ふんいき》だったのである。

（……でもキッチンとかなさそうだし。席もないし。珈琲のにおいとか、全然しない）

鼻を利《き》かせながら、きょろきょろする。

思いのほか手狭だった店内には、サイフォンどころかカップひとつ見当たらない。代わりに、長いカウンターテーブルの向こうに、ずらりと小さな引き出しが整列しているのが見てとれる。

「なにこれ……」

思わずそんな声がこぼれた。

引き出しは、天井との境目から——カウンターに隠れているがおそらくは——床との境目まで、壁の全面に及んでいる。

ひとつあたりハガキ一枚分くらいの大きさで、深煎りした珈琲豆のような色合い。それぞれブロンズのような丸いツマミがついている。きっとアンティーク家具だ、一見とてもおしゃれに見える。だが、いかんせん数が多いので圧倒されてしまうのも事実で、菜乃香はいっとき口を開けたまま、それに釘づけになっていた。

「――あ、いらっしゃい」

ふいにカウンターの下から人の顔が飛び出して、菜乃香は「わっ」と半歩ほど後ずさりした。

若い男性だった。おそらく菜乃香より、少し大人の。

しゃがんで何か作業でもしていたのか、カウンターに片肘だけのせて、輪郭《りんかく》がくっきりと際立《きわだ》つ目で菜乃香を見ている。

「あ、ごめん。おどかした？」

菜乃香がなんにも言わずにいると、彼は少し首を傾《かし》げ、その拍子に目にかかった長めの髪に、邪魔くさそうに指を差しこんだ。

「ちょっとね、さっき商品落としちゃって」

再びしゃがみこんで、そんな言い訳めいたことを口にした後、彼は「よし」の一声とともにぬっと立ち上がった。まるで樹木が一瞬のうちに枝を伸ばしたかのようだ。彼ときたら、菜乃香より頭二つは大きいのだ。

「……あれ？　なんかもっとおどかした？」

「——あっ、いえ！　ボーっとしてたからびっくりしただけです！」

やっと自分を取り戻し、水浴《みずあ》びした仔犬みたいに首を振ると、彼は「あ、そう？」と気安げに笑いかけてきた。上背《うわぜい》はあるが、牧場にいる馬みたいに、やさしい眼差《まなざ》しをした人だと思った。左右非対称の髪型も、たてがみみたいだ。

（店員さん？　店長さんかな……？）

菜乃香はなんとなくソワソワした。

彼は白シャツに黒のパンツという、いかにも「カフェの店員さん」というスタイルだ。シャツのボタンと、ボタンホールをかがる糸が藍《あい》色でそろえられているところがなかなかお洒落《しゃれ》だと思うのだが、結局この店が何なのかという点については、ますます答えが分からない。

菜乃香はバッグの肩紐をことさら強く握りしめた。

よく考えれば、正体不明の店にひとりで入るとか、けっこう怖いことだ。少なくとも、いつもの自分ならやらない。

「今日は何か、探しもの？」

問いかけられて、菜乃香は内心でびくっとしながらあいまいに笑った。

「えーっと……実は通りすがりにちょっと目について入っただけで、これといって目的があるわけじゃなくて……」

「え。そうなの？」

気さくな雰囲気が一変、彼の眉《まゆ》が大きく歪められ、今度ははっきりとひるむ。

「い——一見《いちげん》さんお断りですか？　あ、それ以前に冷やかしなら帰れって話ですよね」

「いや、そんなつまんないことは言わないけど」

簡単に否定したわりに、彼はいつまでもじろじろと菜乃香を眺め回した。不審がってそうしているというよりは、めずらしがっているように見える。

「うーん……ま、いいか。ゆっくりしていきなよ。よかったら座って」

「あ、ありがとうございます……」

何が「まあいい」のかよく分からないまま、しかし店員としての彼のふるまいに特に悪い印象も受けなかったから、菜乃香は一応彼のすすめを受け入れて、背高《せいたか》のスツールに、半ばよじ登るようにして座った。そうすると、さわやかな笑みを浮かべる彼の顔がそれまでよりぐっと近くなって、少し落ち着かない気持ちになる。

「改めまして、いらっしゃいませ。当店店主、ライと申します」

そうあいさつされ、菜乃香は棒を通したように背筋を伸ばした。

「あ、あたし、皆月菜乃香です」

「ミナヅキナノカ……六月七日生まれ？」

すかさず返され、目を見開く。

「すごい、一瞬で分かったんですか」

「だって名前に出てる」

確かにそうだけれど、一言目で気づいた人ははじめてだ。とたんに緊張感が薄らいで、

「高校生？」という問いかけに、「はい！」と大きくうなずく。

「今高三なんです、あたし」

「あ、じゃあ受験生なんだ？　その制服、東《ひがし》高だよね。大変だろ。すごい進学校だし」

季節は夏である。

小中学生はすでに長い休みに入っているところで、「すごい進学校」の「三年生」は、彼の言うとおり「大変」な時期である。さっきまで空き缶を蹴り飛ばしたいほど精神状態が荒れていた原因もその辺りにあって、だから菜乃香はあえてその話題を「あはは」と適当に笑って流すことにした。

「ところでここ、何のお店ですか？」

あごを引いて店を見回すと、「ん？」とライが不思議そうな顔をした。

「何の店って、ボタン屋。外に分かりやすい看板あったろ？」

「あ、やっぱりそうなんですね。一応ボタン屋さんだろうな、って思ったんですけど、入

ったらああ違うって思っちゃったんです」

ボタンといえば、小さな箱の側面に見本が貼りつけられ、箱ごと棚《たな》に並んだ状態で売られていることが多い。そうでなければ種類別に罎《びん》に分けて陳列《ちんれつ》されているか、ひとセットを袋詰めにして吊られているか。しかし、ここにはそういう典型的なものが何もない。

「まあ確かに、目につくとこには置いてないもんな。でも、正真正銘《しょうしんしょうめい》ここはボタン屋」

ほら、とライが右肩を引き、背後の引き出しをひとつ開けた。

使い始めのエンピツですら真っ直ぐ収まりそうな、奥行きも十分なその引き出し。中には、白いボタンがぎっしりと詰まっていた。

菜乃香は思わずカウンターの上に乗り出した。

「すごーい……！」

「出してみようか」

ライが四角いフェルトの皿を持ち出してきて、引き出しの中をひっくり返す。菜乃香の口からは、さらに「わあ！」と弾んだ声が出た。

そこに広げられたのは確かに白いボタンだけれど、ミルク色のものもあるし、象牙《ぞうげ》色のものもある。黄みや青みがかかっているものも、透け感のあるものもある。

色はそれで、形も様々で、ブラウスについているような小さなものや、ブローチみたいに大きなもの、平べったいものやドーム型のもの、四角形や八角形、変わったところではパズルの形をしたものまである。

「うわー、うわー、かわいいのがいっぱい！」

「まだまだあるよ。これは全部樹脂《じゅし》製だけど、上の段には同じ白でも貝ボタンがつまってる。その隣はレザーで、左の縦一列はウッド系。一応色と素材で分けてるんだ。だからこの薬箪笥《くすりだんす》みたいな収納が大いに役立つ」

「まさか引き出し全部にボタンが……？」

「ま、今のところどこにも空きはないね」

「うっわー！　それって相当な数ってことですよね！　どこの手芸屋さんより品ぞろえ豊富じゃないですか！」

菜乃香は、キラキラした目で店内を見回した。

この引き出しのひとつひとつにいろんなボタンが詰まっている――なんて、想像するだけでワクワクする。

菜乃香は、友だちがビーズやシールを集めるのに熱中していたなかで、ひとり、ボタンを集めて大事にしまっている子どもだったのだ。

「リアクションいいね。よかったらこっちに入っていろいろ見てみる？」

菜乃香の感激ぶりに気をよくしたのか、ライがテーブルの端をはね上げて誘った。もちろん、菜乃香は遠慮《えんりょ》なしにスツールを降り、カウンターの中へ入りこむ。

実際に近づいてみると、引き出しの壁はいっそう圧倒的な存在感を放っているように感じた。それでも、好奇心の方ががぜん優勢だ。ひとまず手近な引き出しに目をつけ、ドキドキしながらゆっくりとツマミを引く。

乾いた木のにおいとともに、黒や茶色、あるいはそれらがまだらになった平たいボタンがたっぷり現れた。指先でつまんでみれば、なめらかな質感に気づく。きっと水牛のツノを使ったものだろう。上等のスーツなどに使われる、高級品だ。

「こんな本格的なの、はじめて触った……」

感動しながら次に開けた引き出しには、キャンディみたいなポップな脚つきボタンが入っていた。オレンジのボタンだ。上を開ければ赤もある。緑も、青も。

「うわーかわいい！　カラフル！　こういうパッとした色合いのボタンにつけかえるだけで、ただのブラウスもよそゆきになりますよね！　あえて全部のボタンを違う色にしてみても楽しいかも……！　――あっ、こっちにはおはじきみたいなボタン！　うっわあ、涼しげ！　今の季節にぴったり！　こっちは？　――えぇえ？　これボタン？　宝石みたいなのついてる！　まさかダイヤ⁉」

次から次へと出てくるめずらしいボタンに、菜乃香はすっかり興奮した。「それはイミテーションダイヤ。ガラスだよ」と、ライが苦笑交じりに説明をはさんできたが、本物の宝石であろうとなかろうと、きれいなものはきれいだし、めずらしい。

菜乃香はまぶしいくらい輝くボタンに釘づけのまま、はあ、と熱いため息をついた。

「ライさん、このお店のボタン、どれくらい種類があるんですか？」

「さあ。数えたことないし、数える気もないかな」

「えぇえ？　ライさん、店長さんでしょう？」

「一応ね。でも死んだ祖父から受け継いだ店だから。未だに分からないことだらけ」

カウンターに腰を引っ掛け、軽く腕を組み、彼はそう言って眉根を寄せた。

さすがに興奮が冷めて、菜乃香はそっとライを見る。よけいなこと言ったかも、と思うとやけに胸がざわざわしたが、

「でもそうやって楽しんで見てくれる人がいると、じいちゃんも喜びそう」

彼がさっぱりとした笑顔でそう言い添えるから、菜乃香の心も一瞬で晴れた。

「あの、引き出し、いろいろ開けてみていいですか？」

「いいよ。そっちに梯子《はしご》があるから使って。——ああでも、上の方はけっこう高いからやめといた方がいいかな」

「平気です。あたし、高いところ好きです」

「でもソレで梯子にのぼっちゃダメでしょ」

腕組みしたまま指先で控えめに示されて、菜乃香はぎくっとした。

そういえば制服なのだった。スカートなのだった。気づいて思わず額を打つ。

（――しまったあたし、すごく恥ずかしい……）

「ま、俺がどっか行けばそれでいいんだけど」

小さくなる菜乃香を、ライが控えめに笑った。「ええ？」と菜乃香は驚嘆《きょうたん》した。

「ダメですよ、店長がいなくなっちゃ！」

「大丈夫大丈夫。うち、いつもすいてるから」

「……それ別の意味で大丈夫なんですか」

「ときどき不安にはなるよなー」

そんなふうに言い合って、互いに小さく吹き出したときだった。

カランコロン、と、ドアベルが鳴った。

ライが動物のようにさっとそちらに目を向け、菜乃香もつられて戸口を見る。そして、一瞬にして緊張した。

入ってきたのは、五十代くらいの女性だった。

身なりは年相応で、別におかしなところはないのだけれど、気落ちしているのか、はたまた体調でも悪いのか、表情はさえず、その足取りはひどく重い。

「いらっしゃいませ」

菜乃香にそう言ったときとは少し違う、大人の声でライが言った。顔を上げた女性は、疲れたようなため息をつき、

「ボタンをちょうだい。ひったくりに遭《あ》っちゃって……」

「ええ⁉　ひったくり⁉」

思わず大きな声を出してしまった菜乃香に、女性は憂鬱《ゆううつ》そうにうなずいた。

「一応バッグは死守したけど、ボタンが取れてどこかにいっちゃって。悔しい……」

女性はくちびるをかみ、肩にかけていたバッグを胸に抱きしめた。今の季節にぴったりの、かごのバックだ。

「大変でしたね」

ライはまず声を落としてそう気遣い、一転声を明るくし、

「ボタンをつけ直して、気持ちを切り替えましょう。バッグを拝見しても？」

「え……ええ、どうぞ」

カウンターの上に置かれたバッグを、ライがさっそく手に取って見始めた。菜乃香も横で一緒になって観察する。

大きく開いた口のところを革紐《かわひも》が渡るようになっていて、ボタンに引っかけ、留める構造だったようだ。ひょろっと顔を出す千切《ちぎ》れた糸の断片が痛々しい。

「どんなボタンがついてました？」

大きな手で丁寧《ていねい》に検分したあと、ライが女性にそう問いかけた。

「黒いボタンよ。端がとがった」

「あ、トグルボタンですね！　ダッフルコートについてる！」

菜乃香は思いつくなりそう口をはさんだ。トグルボタンはツノのような形をした、まさに紐を掛けるにはうってつけのボタンである。

「そうそう、コートについてる感じね」

女性が大きくうなずくと、「ああ、それなら」と、ライが背後を振り返り、伸び上がってひとつの引き出しを開けた。

さっき菜乃香の前でしてみせたように、彼はフェルトの皿の上にざっとボタンを広げる。少しずつ色や形は違うが、全部が黒っぽいツノ型のボタンだ。

（どれが合うかな）

菜乃香は時折女性のバッグをチラチラ見ながら、自分のことのように品定めした。紐の輪の形とボタンの大きさが合わないと、掛けにくかったり、反対に外れやすくなったりするはずだ。こういうときは、デザインだけで選ぶと失敗する。

「大きさとしては、このあたりのものがよさそうですね」

真剣に吟味《ぎんみ》している菜乃香の前で、ライがいくつかのボタンをより分け、その中のひとつを革紐の輪に当てて見せる。ちょうどいいサイズだ。

（さすがボタン屋さん！）

感心しながら、色や形はお客さんの好みかな——と、なりゆきを見守っていると、

「――気になるボタン、ありますよね？」

ライがにこやかに女性に問いかけた。

疑問形だったが、断定するような響きだった。

女性が、まるでマジックに驚かされたような顔でライを見上げる。菜乃香もちょっとびっくりしたが、ライは特に気にした様子もなく答えを促す。

「どちらですか？」

「え、ええ……実はこれ、元々ついてたボタンとそっくりで……」

困惑した様子で、女性はひとつのボタンを指さした。

濃い黒と灰みがかった黒が、まだらになったボタンだ。角笛《つのぶえ》のような形をしているのは一般的なトグルボタンと同じだが、表面には引っかいたような模様があり、端には縁取《ふちど》りをするように溝《みぞ》が彫られている。かなり、特徴的なデザインだ。

改めてそれを手に取った女性が、はー……と、気が抜けたように息をついた。

「そっくりっていうか、同じものに見えるわ。色も、触った感じもそっくりそのまま」

「同じものかもしれませんよ！」

本人よりもはしゃいで菜乃香は言った。

シャツボタンのような汎用《はんよう》性の高いものでもない限り、既製品についているボタンと同じものに出会うなんてそうあることではない。本当に同じものだったら、単純にすごいと思ったのだ。

「それをお持ちになりますか」

ライがたずねると、女性はひとときボタンを見つめ、手の中でもてあそんだり、バッグに当てたりしながらしばらく迷っていた。ひょっとすると、縁起《えんぎ》が悪いから、という理由で、まったく別のものをつけたい考えがあったのかもしれない。

しばらく黙ったあと、女性はふう、と重たい吐息をもらした。

「……見つけちゃったらこれ以外考えられないものね。これをお願いします」

「はい。お包みします」

ライがボタンを預かって、カウンターの隅へ移動した。

女性は、感傷にひたるように自分のバッグを眺めている。

かごの編み目の傷み具合からして、そのバッグはそうとう愛用されているのだと分かる。思い出もたくさんあったんだろう。

「……ボタンだけですんでよかったですね」

菜乃香は、女性客にそっと声をかけた。同情するのも、彼女と一緒になって犯人を批判するのも、なんだか違う気がした。正解だった。女性は「そうね」と、笑ったのだ。

「あなたも、ひったくりには気をつけなさいね」

彼女は子どもを諭《さと》すように、やさしく言った。

「歩くときは壁側に荷物を持った方がいいわよ。バイクや自転車を使うのもいるから、周りに注意して。大音量で音楽なんて聴いちゃダメ。それに、いざとなったら荷物から手を放す勇気も必要よ。中には引きずられて、大怪我《おおけが》する人もいるんだから。なんて、私が言うのもなんだけど」

「いえ、ためになります！」

そうしてお互いにっこり笑い合っているうち、ライが女性に声をかけてきた。

「あら、できたみたい」

女性がいそいそと彼の方へ歩みよる。ボタンが入っているのだろう小さな袋が女性の手に渡るときには、彼女の表情は、入店直後よりずっと明るいものになっていた。

「じゃあ、私はこれで」

女性が、戸口で軽く会釈《えしゃく》をした。

「またのお越しをお待ちしてます」

ライが一礼した後、菜乃香もつられるようにぺこりと頭を下げ、彼女を見送った。

カランコロン、とバンブーチャイムが鳴って扉が閉まる。

店は、急に温度が下がったみたいに静かになった。

「……ボタンってすごいですね」

広げたボタンをしまい始めていたライに、菜乃香はしみじみそう言った。

「え、なにが？」

ライが手を止め不思議そうに見下ろしてくるから、菜乃香は「だって」と説明する。

「さっきの人、すごく怖い目に遭って、すごく悔《くや》しい思いをしたはずなのに、帰るときは笑顔だったじゃないですか。ボタン一個でも心が軽くなることがあるんだなって思って。びっくりです」

「……へえ……ものの数分で真理にたどり着いたんだ」

ライがひと回り大きく目を見開いた。そんな彼の様子に、菜乃香の方も目をぱちくりとさせる。何の気もなく口にしたことを「真理」だなんて言われると、話がいきなり違う次元に飛んだみたいだ。

「ああ、いいよ聞き流して」

ライが誤魔化《ごまか》すように苦笑した。

「びっくりしたな。まさか女子高生の口から『トグルボタン』なんて聞くとは思わなかった。詳しいね？」

「ああ、それは、あたしが裁縫《さいほう》が好きだからです。いろいろ作りたくて、ちょっとは勉強してるんです。そう、いつか役に立つかもって、捨てる服のボタンもはずしてとっておくタイプで」

「なるほど。うちのじいちゃんと一緒だ」

「そうなんですか？」

「裁縫はやらなかったけどね。自分のお古《ふる》はもちろん、いろんなとこからボタンを譲《ゆず》り受けて、もちろん新しいものも仕入れて、何十年もためこんでこの店を始めた。九割方じいちゃんの道楽」

「へぇー！」

ライは呆《あき》れたように肩をすくめたが、菜乃香は感激して指を組み合わせていた。

橙《だいだい》色の電灯も、飴《あめ》色のカウンターも。高いスツールも、渋い薬簞笥《くすりだんす》も、そこにしまわれたたくさんのボタンも——それに、口ではかわいげないことを言いながらもきちんと店を守っている、歳《とし》若い店主も。

どれをとっても、「好きだなあ」と思ってしまうのだ。

「ライさん。あたし、このお店が気に入っちゃいました。明日から通っていいですか？」

「は——また来るの⁉」

急に同級生の男の子みたいに、ライが目をむいて驚いた。その大げさな驚き方に、菜乃香の方こそ面食らって、

「迷惑ですか？」

「いや、そういう問題じゃなくて。そもそもそんな、来られないでしょ？」

受験生だと思ってのことなのか。来ないことを前提としたその言い方が引っかかり、

「絶対来ます！」

菜乃香はむうっと口を尖らせ宣言した。

受験生だって行きたいところはあるし、やりたいこともあるのだ。


それから翌日、翌々日と、菜乃香は宣言通り毎日のようにボタン屋に足を運んだ。

ボタンを眺めるのは参考書を読むよりがぜん楽しかったし、ライから授けられるうんちくの数々は、どんな公式よりも価値があったのだ。

もちろん、ひとつ終わるたびに山積みにされる試験や課題から、目をそらしたい気持ちがあることは自覚しているけれど。

ボタンを見ながらあんなものが作りたい、こんなものが作りたい、と、無限の想像を広げている自分の方が健全だってことは、考えるまでもなく分かっていた。

「菜乃香、ちゃんと受験勉強もしてる？」

毎日姿を見せる菜乃香に、はじめこそ「ホントに来たよ」などと言って本気で驚いていたライも、近頃はすっかり慣れて、そんなお節介《せっかい》も言うようになった。

そして菜乃香も、

「机にかじりつくよりここにいる方が勉強になるんですー」

と、かわいげなく言い返してしまうくらいライと打ち解けていた。

この世のすべての人を「好き」と「嫌い」と「どちらでもない」に分けるとすると、彼は、「好き」の分類に入ってしまう人なのだ。「何の勉強だよ」と、苦笑交じりにつっこまれても、ちっとも嫌な気持ちにならない。

「でも冗談抜きで、進学したらいずれボタンの知識も必要になるんですよ？　あたし、服飾の専門学校に行くんだから」

あるときそう話すと、「は？」と言ったきり、ライの顔に驚愕《きょうがく》の表情が貼りついた。けっこう、長い時間。

当然だろう。「すごい進学校」の生徒が服飾の専門学校に――なんて、聞いたことがない。先生もそう言ったし、親もそのつもりで今の学校に入れたわけではないはずだ。

「……それはまた、斬新《ざんしん》な学生さんだな。親御《おやご》さん、なんて言ってる？」

ひとまず一瞬で全否定されなかったことに安心し、菜乃香は「大反対です」と冗談めかして首をすくめた。

「だから毎日喧嘩《けんか》ばっかりで、だからイライラ、ムカムカ、むしゃくしゃして、最終的にここに来てしまうんです」

ふー……と、やたら長いため息をつく。

ライは何も言わない。けれど真面目《まじめ》に聞いてくれているのが分かったから、菜乃香は視

線を高くして、

「でもあたし、服を作りたいんです。今までもいくつか作ってるけど、もっとうまくなりたい。もっといいもの作りたいの」

それはピアノに夢中な子がコンクールを目指したり、スポーツに熱心な子がオリンピックを目指すこととよく似ている。「もっと上手になりたい」という純粋な欲求が始まりで、その過程で見つけたそれぞれのゴールに、ただひたすら近づく努力をする。ときに「好き」だけでは乗り越えられない壁に、それでも必死に喰らいついて。

菜乃香も同じだ。技術も知識も圧倒的に足りないことは自覚していて、だから、独学では得られないことを専門の学校で学ぼうと決めた。

「あたし、やりたいことやらずに後悔したくない。人間なんて、いつ死んじゃうか分からないじゃないですか」

だんだん気持ちがたかぶってきて、両親の前にいるときみたいな、凶暴な自分が顔を出し始めた。ライが面食らっているのも目に入らず、床に伸びるスツールの影を見つめ、両手ともきつくこぶしを握って、

「あたしの同世代でも死んじゃった人がいるし、昨日も小学生が川に流されて亡くなったって、ニュースで流れてたし。この前のひったくりに遭った人だって、もしかしたら被害に遭ったのはあたしで、あの人は無事だったけど、あたしだったら抵抗して引きずられて

死んでたかもしれない――」

「菜乃香」

ふいにカウンター越しに長い両腕が伸びてきて、ぶにっと、左右の頬《ほお》をはさまれた。

「考えが悪い方に向いてる。よくないな」

ぷにぷにと人の顔を変形させて遊びながら、しかし彼は真剣な顔で、

「やると決めてるならそれでいいよ。ただ、きれいな夢だけ見てると視野が狭くなる。親や先生が言う嫌なことも、ちゃんと頭に入れとかなきゃな？」

最後ににこっとするから、菜乃香はうなずいたんだかうつむいたんだか、自分でもよく分からないまま下を向いた。

こんなふうに諭されるなんて、子どもみたいだ。

しゅんとしていると、

「今も何か作ってるの？」

ライが風向きを変えるようにそう問いかけてきた。

顔を上げ、軽く二度、うなずく。

「ちょっと難しいのに挑戦しようと思って、腰で切り替えるワンピース、作ってます。襟《えり》と飾りポケットがついたやつ」

「へえ。すごいな。正直俺、ボタンつけすらできるかどうか怪しい」

茶化したような物言いにつられて、菜乃香は「えーっ」と大げさに驚いた。

「ライさん、ボタン屋さんなのにボタンつけられないのー?」

「別に悪くはないだろ? 楽器店の人だって必ずしもいい演奏家じゃないだろうし」

ちょっと拗《す》ねたようなライの反論は、開き直りのようだが一理ある。

「あ、じゃあライさんのボタンがとれたら、あたしがつけてあげますね」

「いいね。服着たまんまボタンつけてもらうとか、けっこう夢」

なんですかそのちっちゃい夢——と、思わず笑ってしまったが、ライが開けっぱなしの第一ボタンをこれ見よがしに引っ張ったら、半笑いのまま頬が引きつった。

「ライさん。その辺はハードルが高すぎです、いろんな意味で」

ついつい想像して、ライに笑われながら赤面する。年下だからってからかわないでよ——と抗議したくなるけれど、ライと軽口を叩き合うのは嫌いじゃないから困ってしまう。

「——ちなみにそのワンピースってボタンついてる?」

不意にライがつぶやいて、菜乃香は顔を上げた。

彼の視線を真正面から浴びて、なぜだろう、真冬にぬるい風が吹いたかのような、妙な違和感を覚える。

どこがどうと具体的には言えない。ただ、ライの様子がそれまでとは少し違う気がした。

自分を見下ろす目の奥の光も、穏やかな口調も、何ら変わりないはずなのに。

「……ボタン、つけますよ？」

どうも据わりの悪い気持ちでそう答えると、直後に「あっ」と菜乃香は声をあげた。

「そうだ。あたし、ボタン探さなきゃいけないんでした。ワンピースにつけるボタン！」

人に言われるまで忘れていたなんて、自分で自分にびっくりする。

菜乃香はすぐさまスツールからぴょんと飛び降り、「見ていいですよね」と、いつもの調子でカウンターの中へ入ろうとした。

すると、なぜだろう、ライが真顔でいるのに気づいて足が止まる。

「……ダメですか？」

顔色を読んでそう問うと、ライは息を吹き返したようにまばたきし、首を振った。

「あ――いや、いいよ。どんなボタン？　希望があれば出してあげるよ」

「え……あ、はい。えっと――」

言いかけて、菜乃香は一度口を閉じた。ライの様子が気になったせいか、デザインを決めた時点で固めていたはずの考えが、とっさに出てこなかった。右から左へ、ゆっくり首を傾けながら、

「確か、星のボタン……？　だったような……？」

「星のボタン？　了解。出してみるよ」

ライがすぐに請《う》け合って、フェルト皿を片手に引き出しを開け始めた。

右に、左に。上下に、斜めに。指揮者みたい、と思うくらいなめらかな動きで、彼はいろんな引き出しを開けていく。当然、皿の中には次々と星のボタンが集まってきて、たちまち菜乃香の目はそちらに釘づけになった。

「とりあえずこんなところでどう？」

振り返ったライが、メインディッシュを運んできたかのようにカウンターに皿をすべらせた。「もー、ライさん……！」と、菜乃香は思わず抗議してしまった。

「こんないっぱい出されたら選べないですよ……！」

「それ褒《ほ》めてる？」

「当然です！　かわいすぎるー！」

菜乃香はカウンターにかじりつくようにしてボタンを手に取った。

中央に星の印を描いた二つ穴のボタン。プラネタリウムみたいに全面に星屑《ほしくず》を散りばめたドームボタン。スパンコールで流れ星を刺繍《ししゅう》したくるみボタン。型で抜いたように、ボタンそのものが星の形をしているものもある。

「これ、使うあてがなくても欲しくなっちゃいます……！」

「あれ？　じゃあ探し物はこの中になかった？」

「え？」

菜乃香は目をぱちくりとさせた。

ライは選んだ商品に自信があったようだが、あいにく菜乃香の求めているようなものはない。おずおずとうなずく。

「さっきはつい『かわいい』って言っちゃったけど、正確に言うとどれも『きれい』なボタンですもんね」

「ああ、イメージが違うんだ？　素材は？　どんなのを考えてた？」

「木のボタンにしようと思ってました。ちょっと大きめの、五〇〇円玉くらいの」

「五〇〇円玉……ってことは、丸いボタン？　色は？　木肌色？」

うなずくと、ライはなんとなく渋い顔になった。

「……ウッド系で星……けっこう大きめ……」

ひとりごとのように言って、腕組みしながら引き出しを見上げる。

「いいのありそうですか？」

「うん、ないね」

ライが横顔のまま断言する。

「木と星だと相性がいいとは言えないから、あれば逆に記憶に残るはずなんだけど」

「相性？」

ピンとこなくて問い返すと、ライは手近な引き出しをいくつか開け閉めしながら、「そう」とうなずいた。

「星はキラキラしてるものだろ？　光沢《こうたく》が出る金属とか、つやが出せる樹脂《じゅし》で仕立てた方が見栄えがよくて、だからそういう素材のものが多い。ウッド系の星のボタンってなると、それこそこういう、星型のボタンくらいしかないんだよな」

クッキーみたいな星型のボタンがライの手の中を転がる。

それもかわいいけれど、子どもっぽい印象だ。服の雰囲気《ふんいき》には合いそうにない。

菜乃香は、頭をかいた。

「ライさん、ごめんなさい。ちょっと考え直します。そもそもなんで星のウッドボタンにしようと思ったのか、分かんなくなっちゃいました」

別に星のモチーフが特別好きというわけではないし、作っているワンピースに宇宙のイメージもない。そこまで強くこだわる必要はないように思えてきた。

ボタン探しの手を止めたライが、ひと息の間、菜乃香を見下ろす。

「考え直すことはないよ」

「え？　どうして？」

「菜乃香が求めてるなら必ずある。『木製』の『星』のボタン」

きょとんとする菜乃香に妙に力強く断言して、ライは再び縦に横に、引き出しを開け始めた。

菜乃香は、そんな彼の横顔を不思議な気持ちで見上げる。

彼はあのひったくり被害の女性に対しても、こうして物事を確信しきったような言い方をしていた。それは、もしかしたら豊富な在庫に裏打ちされた自信なのかもしれないけれど、今回はどうだろう。素材とモチーフの食い合わせが悪いボタンを、メーカーがわざわざ作っているものだろうか。

ライがあちこち探し回っている間に、菜乃香は彼が探し出してくれたいくつかの星のボタンを、改めて、ひとつひとつ見ていった。

きれいで、あるいはかわいくて、心惹《ひ》かれるボタンばかり。でも、違う、と思う。

根拠が曖昧《あいまい》なのに、「違う」の感覚だけがはっきりしているのが、自分のことながらよく分からなかった。

カランコロン、と、バンブーチャイムが鳴ったのは、ライが菜乃香のボタン探しにちょっとムキになり始めたときだった。

菜乃香は「急がなくていいですよ」と言うのに、ボタン屋のプライドなのか、単に人がいいのか、ライがしらみつぶしに探そうとしていたところだったから、それを止めてくれたふいの来客はさながら救世主だった。菜乃香はひょっとすると店員に見えるかもしれないくらいの歓迎の笑顔で扉の方を振り返り――直後、無意識にすべての表情を引っこめていた。

店に入ってきたのが、五、六歳くらいの女の子、ひとりきりだったせいだ。

「こんにちは」

ひとまず声をかけ、菜乃香は率先《そっせん》して女の子に近づいていった。

彼女が緊張しているのが分かったし、ライだと背が大きすぎて、小さい子には少し怖いかもしれないと思ったのだ。ゆっくりとそばによってしゃがみこみ、どうしたの、と問いかけようとして——寸前で、菜乃香は口を閉ざした。

なんだろう。

髪の毛を一本引っ張られているような、とても微妙な違和感を覚えた。

ゆるい三つ編みを左右にひとつずつさげたその女の子。

どこかで見たことがあるような気がした。

近所にでも住んでいる子だっただろうか。

疑問に思いながらもすぐには思い当たらず、菜乃香はひとまず、喉元《のどもと》でとめていた言葉をくちびるまでのぼらせた。

「どうしたの？」

「……ボタン、ください」

少女はか細い声でそう答えた。不安そうな目をして、しきりに自分で自分の手をいじっていた。

「お母さんに頼まれたの？　どんなボタン？」

「ママに教えたくないの」

予想外の答えに、「えっ？」と思わず眉《まゆ》をひそめてしまった。それで少し、少女が怯《おび》えたような顔をしたから、菜乃香は慌てて笑顔を作り直し、

「じゃあママには内緒ね。どんなのが欲しいの？」

「これとおんなじの」

少女は片方のおさげ髪を引っ張った。ちょうど編み始めの位置に、パステルピンクのくるみボタンがついていた。ヘアピンのようだ。おそらく左右で一組なのだろうが、今は片方しかつけていない。

「一個落としちゃった？」

確認すると、少女は今にも泣きだしそうにしながら、こくんとうなずいた。

「ママが作ってくれたの。でも遊んでて落ちちゃった。いっぱい探したけど、見つからないの」

ついにぽろぽろと涙を流し始めた彼女を「ああ、泣かないで」とあやしていると、ふと、胸を締めつけるような懐かしさに襲われた。

菜乃香も、子どもの頃は母にいろいろ作ってもらったのだ。おけいこバッグや小さなポ

ーチ、簡単なワンピースなんかを。

だから彼女が悔しくて、悲しくて、泣きたくなる気持ちは、とてもよく分かる。

（でも正直、これは厳しい……かも）

少女の髪にひとつ残ったピンを見ながら、菜乃香はため息を殺した。

近頃は、くるみボタンを簡単に作れるキットが安価で売られている。たぶん、このボタン自体も彼女の母親の手作りだ。ピンクの布地は柄《がら》がない代わりに、イニシャルと思《おぼ》しき「R」の文字が、しゃれたフォントでスタンプされているから。

いくら在庫が豊富な店であっても、同じものがあるとは思えない。

（お母さんに正直に言って、もう一個作ってもらった方がいいんだけど……）

子ども心を傷つけずにどう伝えればいいだろう。考えこむ菜乃香の隣で、

「泣かないでお嬢さん。探し物はこれだろ？」

いつの間にカウンターから出てきたのだろうか、ライが片膝ついて少女にボタンを差し出した。パステルピンクの、「R」の文字が入った——今少女が握っているものと同じボタンだ。

それに気づいて、菜乃香は目をみはった。声も出せず、まっとうに息もできないまま、ボタンが少女の手に渡るのを食い入るように見つめる。

小さな手に、大事そうに握られるピンクのボタン。

「ありがとう、お兄ちゃん！」

少女は、厚い雲が去ったようにほほえんだ。

「また来てね」

ライが手を振れば、彼女はにっこりして、「さよなら」と、行儀よくおもてへ。オレンジライトに照らされる床に扉の影がゆっくり動き、控えめにバンブーチャイムが鳴って、扉は静かに閉ざされた。

店内が、ちょっと怖いくらいの静寂に包まれた。

そういう空気にしているのはきっと菜乃香の方で、ライは何事もなかったように奥に戻り、フェルト皿の上に広げた濃淡さまざまなくるみボタンの回収を始める。

菜乃香はカウンターに飛びついた。

「ライさん、今のボタン、どうしてここにあったんですか!?　あるはずないですよね、あの子のお母さんの手作りですもん！」

いきなり早口でまくし立てたのに、ライは涼しい顔だった。トン、と、引き出しを壁に収めたあとに顔半分だけでこちらを見て、

「ここは不思議なボタン屋なんだよ」

なんて、不敵な笑みを浮かべて言う。

「不思議な、ボタン屋……？」

——ここは「へえ！」と乗ってみるところなのだろうか。

——それとも「まさか」と突っぱねるところだろうか。

決めあぐねて変な顔をする菜乃香に、ライは余裕の表情で、

「信じられるならそう信じていいし、信じられないなら現実的に解釈していいよ。そうだな、落ちてるボタンをネコが拾って店の前までくわえてきた、とか、今俺が必死になって似たボタンを探してスタンプを押した、とか。——菜乃香はどの説を支持する？」

どうしてだろう、問い詰めたのは自分のはずなのに、反対に追い詰められた気になって、菜乃香は少し肩を引いた。そして、

「……ライさん魔法使い説に一票」

かろうじて返した一言に、ライが派手に吹き出すのだった。


『——菜乃香、いい加減にしなさい』

そのセリフがいつ突きつけられたものだったか、菜乃香はもう覚えていない。

いつも似たようなことばかり言われているからか、それとも忘れてしまいたいからか。

どちらにせよ、二言目には必ず「大学に行きなさい、とりあえず大学に行けばどうにでもなるから——」と続くことは確実だった。バカみたい、と思っていた。

「どうにか」するためにだって、多少の努力や情熱は必要で、それらは「とりあえず」を選んだところで爪の先ほども芽生《めば》えやしないものなのだ。

どうして分からないのかなあ。

ずっと疑問だった。

この服かわいい、と喜べば違う生地でいくつも同じデザインの服を縫《ぬ》いあげたり、会社のやつに冷やかされた、と言いながら菜乃香お手製のファンシーなお弁当入れを使い続けていたり。

作る側の喜びも、使う側の喜びも知っているはずなのに、いつだって両親は菜乃香の反論にため息をつくのだ。

「――目標持って生きてるだけマシでしょ？」

「菜乃香」

いつものようにボタン屋に通い、いつものように引き出しをあさっていると、突如ライに低い声で呼ばれた。

ちら、と振り返ると、彼はカウンターにもたれ、長い脚をくるぶしのところで交差させ、二つの目から強い視線を向けてくる。

「もう十日目だろ。いつまで通う気？」

「……お目当てのボタン、見つけるまで」

くちびるをすぼめて、見ていた引き出しを押しこむ。

決然としたライの態度は、別に、毎日居座られて迷惑だ、なんて言っているわけではない。彼の意図はまったく違うところにあって、菜乃香はそれが分かっていて、でもやっぱり別の引き出しに手をかけてしまう。

「結局星のボタンが分かんないから。店中のボタン、全部見てからいいもの選びます」

「あのな……それ何年かかると思ってる？」

「おばあさんになるまでにはすみます」

そんな憎まれ口を叩いて、菜乃香はボタンあさりを再開した。

丸めた背中に、ライのため息が降ってくる。それが、一瞬両親が吐きだすものに似て聞こえて、さっと全身がこわばる。

(分かってる。ちゃんと分かってる)

菜乃香はぎゅっと詰まったココナッツボタンを見つめながら、そう心で叫ぶ。

――あたしはここに逃げこんでいるだけ。

分かっていても、ボタンを探す手は止められないのだ。どうしてか。

「あ――いらっしゃい」

バンブーチャイムの音に続いてライが声を上げ、菜乃香は反射的に振り返った。

いつの間にか店に入りこんでいたお客がいた。この真夏に学ラン姿、という、怪しいことこの上ない人物が。

（なに、この人……）

菜乃香は眉をひそめ、落ちこんだように下を向く彼の顔を見てやろうと身構えた。刹那《せつな》、どくん、と、心臓の音が身体《からだ》中に響き渡った。

「……いーくん……？」

見たことがないほど表情が暗くて、いまいち確信が持てなかったが、近所に住んでいたひとつ年上の男の子に見えた。努力に裏づけされた優秀な成績の持ち主で、将来を期待されていて、両親から見習えと、言われるまでもなく尊敬していた人。

「……なんで……？」

心臓が、痛いほど鳴っている。しかし彼の方は菜乃香と気づかなかったのか、一度軽い会釈《えしゃく》をして、後はもう存在自体が目に入らないみたいにライと話を始める。

「制服のボタン、探してるんですけど」

「ありますよ。その制服のボタン？」

「はい。卒業式の後に第二ボタンをあげる約束してたんですけど、なくしてしまって」

「まあ、なくなるときはなくなるよね」

いつもほがらかだった彼からは想像もつかない重い口調で、やっぱり別人なのかもしれない、と、菜乃香は思った。しかし例によってライがすぐさま品物を選び出すと、彼は皮一枚めくったように急にはつらつとした表情に変わり、

「よかった。これで約束が果たせます。ありがとうございます！」

（ああやっぱり、いーくんだ）

笑顔を見て、菜乃香は確信した。「いーくん！」と、思わず大声で呼びかける。

「──ナノちゃん。ちょうどよかった」

やっと気づいた彼は、菜乃香になじみ深い笑みを見せた。

「いーくん、どうして……」

「ナノちゃん、これでがんばれるよね」

言いかける菜乃香をさえぎって、彼はたった今手に入れたばかりのボタンを菜乃香の手に押しつけた。校章と同じ意匠《いしょう》の、ごくごく軽いメタルボタン。

「じゃあね、ナノちゃん」

早々に彼が引き返し始めて、とっさに「待って！」と声を上げた。追いかけようとして、でもライに腕を掴《つか》まれて、思わず彼をにらんでしまうも、彼は菜乃香を見ていなかった。戸口にやさしい眼差《まなざ》しを向けている。

「またどうぞ」

ライの見送りに、彼が、彼らしくきちんと一礼し、とても丁寧《ていねい》に扉を閉めた。直感的に、これでもう彼に会えない、と菜乃香は思った。

がらんどうの店の中、菜乃香は手の中のボタンを震えながら握りしめ、錆《さ》びた機械のようにぎこちなくライを見上げた。

「ライさん、このお店……なに？　どうしていーくんが来るの？　どうして⁉」

「そんな怖い顔しないで」

「したくもなります！　だっていーくんは――二月に亡くなってる！」

いつの間にか涙がぽろぽろこぼれていた。

昔から優秀だったけれど、その一方で生まれつき難病に苦しめられていた彼。

自分の命の終わりをそう遠いものではないと知っていながら、それでも自身で病を治す道を探そうと最後まで進学を希望していて、菜乃香はそんな強さにあやかりたくてボタンをねだって。

彼は彼で、菜乃香の想いを理解したうえで承諾《しょうだく》し――しかし、卒業を待たずに逝《い》ってしまった、はずだった。

それなのに、なぜ――。

ライの肩が、一度小さく上下した。しばらく黙った後だった。

「……じいちゃんが死んで、俺が店を継いで、最初にやってきた客、誰だと思う？」

さっき広げたメタルボタンをひとつずつ戻しながら、そして「え?」と訊き返す菜乃香を見ないようにしながら、

「当のじいちゃんだったたんだよね」

ライは、自嘲《じちょう》するように笑った。

「ホント、こっちの心臓が止まるかと思ったけど、じいちゃん、『昔ばあちゃんが仕立てた背広のボタンを探せ』って言うんだ。どうしてもあれを着ていきたいのに、ボタンが足りないって」

ライは一度大きく胸を使って息継ぎした。

「俺、その状況がおかしいって頭では分かってたのに、自分のじいちゃんだからかな、ふつうに、見つけてやったんだ、そのボタン。そしたらじいちゃん、『それでいいんだ。それがおまえの仕事だ』って、すがすがしい顔で出て行った」

最後のボタンをしまって、引き出しを元に戻して。

彼のゆっくりとした動作を目で追っていた菜乃香の心は、いつの間にか落ち着いて、まっさらになっていた。突拍子もないはずの事実が、素直に胸に落ちてくる。

「……それが、ライさんのお仕事? ライさんの、本当のお仕事……」

「そう。それから、そういう、忘れものをしたお客が来るようになった。そうだな、ひったくりに遭《あ》ったあの女性とか、くるみボタンの女の子とか、今の彼とか、みんなそうだ」

「あの子たちも？　いーくんはともかく、どうして他の人もそうだって分かるんですか？」

「ひったくり被害に遭った人がバイクに引きずられて亡くなった、っていうのは、ご近所さんに聞いてた。女の子の方は、菜乃香が教えてくれたじゃないか。ニュースで見たって。俺も、あとで新聞を探して確認したよ」

あ……と、菜乃香のくちびるから細い声がもれた。

あの子のことを、どこかで見たと思っていた。確かに見ていた。悲劇を伝えるニュースの中で。側溝《そっこう》に落としたものを拾おうとして、流された、とか言っていた気がする。

ざわり、と、さざ波のような恐怖感が肌をなでた。

見るはずのないものを見てしまった恐怖ではない、もっと別の、正体不明の恐れ。何か見落としているような。でも見つけてはいけないような。

「……そういう人を見極める方法がある」

ライが斜め上から菜乃香に視線を注いだ。

「そういう人には、影がない」

きっぱりとした口調。

菜乃香は自然と足元に目をやって――くちびるを引き結んだ。

あたたかみのあるオレンジライトの下、あの、腰よりも高いスツールはそれなりに長い影が伸びている。でも――。

「――あたし、ない」

何かを崖下《がけした》に落とすように、菜乃香はぽつん、とつぶやいていた。ライが、あわれむように眉を寄せたのが目に入る。

「……菜乃香はどうして毎日ここに来てた？」

視線をさ迷わせながら、菜乃香は考えた。

「……あたし、イライラしてた。ムカムカして、むしゃくしゃして……でもここに来ると落ち着いたから、だから……来てた」

「どうしていつもそんなにいらだってる？」

さらに問われ、少し考える。

「喧嘩《けんか》、してたから。親と」

「どうして喧嘩した？」

「だってお父さんもお母さんも、あたしの言うこと、否定しかしないから。それに」

脳裏《のうり》で何かがチカッと光った。

「あたしが作った服――」

目の縁《ふち》に自然と涙が盛りあがる中、それでもはっきり見えるのは、記憶、だからだろうか。完成間近の服が、お菓子の袋や丸めたティッシュ、タバコの空き箱なんかと一緒に袋に詰まっている——そんな光景が、襲いかかるように目の前まで迫ってくる。

「……そう、あたしが作った服、捨てられてた。あとはボタンをつけるだけだったのに。ゴミの日で、ゴミ袋に押しこまれて、あたし、必死で収集車追いかけて——」

急に、見えていた映像が鮮明になった。

菜乃香は収集車の後ろ姿を見つけ、夢中で坂を駆け上がったのだ。そして一瞬、真横に大きなトラックを見た。

「——あはは！」

菜乃香は突然、爆《は》ぜたように笑いだした。

「あたし、バカだね。気づかなかった。もう悩んだりしなくていいのに、やっぱり悩んで！」

声を上げ、ぐるん、とライに首を向ける。

「ねえライさん、最初から気づいてた？　あたしもそういう客だって、分かってた？」

ゆらりと詰め寄る。

頭二つ高いところで、彼は困った顔をしていた。おかしくてたまらない。そんな顔が。そうさせる自分が。おかしくておかしくて、顔は引きつっているのに喉《のど》から品のない笑い声があふれて、もう永遠に止まらないんじゃないか、なんて、頭の片隅で自分で自分におののいた——そのとき。

「――ぶっ」

ライが長い腕を伸ばしてきて、いつかのように左右からいっぺんに、頬《ほお》をつぶしてきた。

さすがに顔が崩れ、声も止まる。

「菜乃香はなんか、よく分かんなかったよ」

彼は子どもみたいなことをしながら、大人みたいに笑った。

それがどうにも癪《しゃく》で、菜乃香は突き出たくちびるをさらに尖らせ、

「慰《なぐさ》めとかフォローとか、いらないですからっ」

「ははっ。いや、でも本当に。菜乃香は他の人とちょっと違った」

菜乃香を解放したライは、遠くを見るようにオレンジのライトを眺めやる。

「菜乃香には確かに影がなかった。だから俺もそういう人だと思ったけど、そういう人って一度店を出ると二度と来ないんだよ。でも菜乃香は何回も来た。だから、菜乃香は他の人と少し違う」

「……でもあたし、よく思い出したらふつうじゃないです。今日ここに来る直前のことを何も覚えてません。昨日帰ったあとのことも」

覚えているのはただただ霧みたいな憂鬱《ゆううつ》につきまとわれていて、それを振り払いたくてボタンの看板を目指して歩いていたことだけ。この店で見たもの、触ったもの、聞いたことだけは、きれいに記憶に残っているのに。

「――あたし、どうしちゃったんだろう」

なぜか妙に落ち着いて、スツールにのぼって、うーんとこめかみに指を突き立てて。

菜乃香は順に記憶をたどった。

運よくあのトラックを避けられた、なんて奇跡的な展開は、恐らくない。そうならまずここにいないし、ここに来てしまっている以上、他のお客のように心残りのなにかがある。

「ボタン……そっか。ワンピースのボタンだ。あたし、それを取り戻しに来たんだ」

「うん……たぶんね。でも――ごめん、見つけられないままだ。菜乃香が望んでる、『丸い形』の、『星』の『ウッドボタン』。望んでいるなら必ずここにあるはずなんだ。何か、他に思い出せることない？」

真摯《しんし》な眼差しに促され、菜乃香は捨てられてしまったワンピースのことを念入りに思い出した。『昭和レトロ』をテーマにキャロットオレンジの生地を買ってきて、白い飾りポケットを作って――そこにボタンをひとつずつつけて、アクセントにするつもりだった。オレンジにも白にも合う、木のボタンを。

（……でも、なんで星だったんだろう）

解けない疑問だ。あのデザインに星の形は似合わないのに、自分は星のボタンを探していた。でも、ライが選んだどの星も、菜乃香が望んでいるものではなかった。

どうして星だったんだっけ。――なんでだっけ。

海の底に沈みこむように、深く、深く考える。

すると、知らず握りしめていた手の中で、存在を主張するものがあると気づく。

ボタンだ。いーくんが残していった、学生服のボタン。

『――不思議だよね。構成してるものは同じなのに、見る角度が違うだけですっかり別のものになるんだ』

ふいに記憶のつぼみが開いて、菜乃香は「あ……」と声をこぼした。

「……いーくん」

「いーくん？　さっきの彼？」

「はい。いーくんが……なにか言ってた気が……」

必死に記憶の糸をたぐり寄せようとするけれど、うまく思い出せない。とても大事なことを言っていた気がするのに。

んん――と、頭痛をこらえるように唸《うな》っていると、気をまぎらわせるようにライが問いかけてきた。

「さっきの彼、菜乃香の彼氏？」

ぶんと首を振る。

「違います。いーくんは戦友」

「戦友？」

物騒な言葉に、ライが驚いた顔をする。菜乃香は強い相槌《あいづち》で答えた。

「似た者同士なんです。いーくん、昔から重い病気を持ってて。でも医者になりたいからって、めちゃくちゃ勉強がんばって、進学校に入って、大学にも行くんだって、ホントに、ホントにがんばってて。周りの人は、大半の人が応援して、すごいって褒《ほ》めてました。――でも、病気を治すのが先って言う人もいたし、お金の心配をする人もいた。生きてるだけで十分だって、やさしい言葉でいーくんの心をくじいたりもした。それで、いーくんもけっこう悩んでたんです。素直に夢が追えないって。――あたしと一緒。てんでレベルが違うけど……」

自分がこれをするときめたことを、「壮大な夢」や「二の次」、「経済的な足かせ」などと言われてきた彼。自分の想いを正しく理解されずじまいだった彼の境遇は、菜乃香と共通するところが多かった。

親にしてみれば菜乃香のすることは「ままごと」で、友だちにしてみれば「ハマりすぎな趣味」だったけれど、菜乃香にとっては「現実的な目標」。夢ですらなかった。その感覚が、彼とまったく同じだった。

彼は受験科目から進学先、果ては大学から病院の距離と通院するときの交通手段まで、至極《しごく》現実的に、進学を考えていたのだ。

そんな彼が、お互いに愚痴《ぐち》を言い合う中で折に触れて口にしていたこと。それが、先ほど思い出したセリフだ。

『構成してるものは同じなのに、見る角度が違うだけですっかり別のものになる――』

あるときは共感を覚えて、あるときは慰められ、あるときはそれをきっかけに奮起した、大事な言葉。それが最後になるなんて知りもしなかったのに、病室のベッドで横たわる彼が口にしたときは、なぜか菜乃香は大泣きしてしまって、彼をひどく困らせたものだ。

思い出したら、視界が涙でゆらゆらし始めた。

涙がこぼれたら、そのままどこかへ流されていきそうだった。

どこか知らない、遠くへ。

けれど菜乃香は、こぼれる寸前で涙をこらえた。「何か」が菜乃香に訴えたからだ。まるで夜の大海原《おおうなばら》に灯台の光がちらつくように、「何か」が存在を主張している。

あ――と思い出す。

あのとき彼は――そうあの病室でそのセリフを口にしたあと、彼は別の話題を持ち出して、菜乃香の涙の雨を止めたのだ。

まったく無関係じゃない、でも新しい話題。

「……アスタリスク」

ふいにくちびるからこぼれるものがあった。「え？」と、目をまたたかせるライに、菜乃香は、もう一度くり返してみせた。アスタリスク。口にしたら、急に扉が開いたような錯覚《さっかく》に襲われた。

「そうだ、アスタリスク！　いーくんが教えてくれたんです、アスタリスクを九〇度傾けると、別の記号になるって」

バツ印に縦線一本でアスタリスク。一方、アスタリスクを九〇度傾けた形――バツ印に横線一本だと、同じ『バツ印に線一本』の構成なのに、まったく違う役目を持った記号になる。

『電話のプッシュ信号のボタンに描いてあるんだよ』

こういうムダ知識集めるの好きなんだ、と、笑った彼の姿が思い出される。

『何の記号?』

問い返した菜乃香に、彼は得意げに答えたのだ。

「――スターマーク。ライさん、スターマークです！　あたし、スターマークのボタンをつけたかったんです！」

菜乃香は勢いよくライの顔を仰《あお》いだ。

いーくんが言うところの『ムダ知識』を教わって、彼がいなくなって、ひとりで現実に立ち向かわなくてはいけなくなって。

自分が負けたら彼も負けるから、と意固地《いこじ》になった菜乃香は、どんな攻撃にも負けない頑丈な鎧《よろい》にも等しい、特別な一着を作ろうと心に決めた。そしてとっておきのボタンをつけたくて方々《ほうぼう》を探し歩いて、二人分の志《こころざし》を背負うつもりでその、ボタンをつけようと決めたのだ。

——構成しているものは同じでも、角度によって違うものに見えてしまうボタン。

「スターマーク」

心得顔で、ライが引き出しの方を振り返った。

長い腕が迷いなく伸びる。先日から、何回も開け閉めしていたウッドボタンの列だ。

そこから、彼はひとつのボタンを拾い上げる。

「これだね」

ボタン片手にたずねるライに、菜乃香は「はい」とはっきり答えた。

ライの手からフェルトの皿に、ころん、と転がされたひとつのボタン。

一見、ふつうの木のボタンだ。丸くて、五百円玉くらいの大きさで、装飾もない。

ただ、二つや四つが一般的なボタン穴が、これは六つ空いている。さながら円を描くような配置で。

これが、菜乃香が探していたボタンだ。

六つの穴を、横に一本、斜めに二本の糸を通して縫《ぬ》いつければスターマークが浮かび上がる、『星のウッドボタン』。

——見つけた。

菜乃香の中で誰かが叫んだ。

なぜか心地よい安心感が全身を満たし、身体《からだ》が浮かび上がりそうな錯覚に襲われる。ここにたどり着いた人たちが晴れやかな顔で店を後にした、その気持ちが今なら分かる気がする。

「あたし、行かなきゃ」

菜乃香は席を離れ、スカートのしわを払った。うまく説明はできないけれど、そう決意することについて何の疑問も持っていなかった。

「あ、そうだお金……」

ふと我に返って財布《さいふ》を探そうとすると、ライが手を振ってさえぎった。

「ボタンを元の持ち主に返すのが俺の役目なんだ、代金は不要。今までだってもらってないだろ？」

「そうでしたっけ？　なんか、いつもライさんの『魔法』にびっくりしてばっかりで、正直支払いとかちっとも気にもしてませんでした」

「うんー？　菜乃香はけっこう俺のこと見てくれてると思ったのにな。気のせいだった？」

「き。気のせいです」

そそくさと身体の向きを変え、新しい、しかしどこか不安な気持ちで扉を見つめる。

ボタンを持って店を出て、行き着く先はどこだろう。天国なのか、地獄なのか。どっちでもいいけど、ミシンは欲しい。なければせめて裁縫道具《さいほう》だけでも。

（──あたし、本当に好きだなぁ）

我が事ながら呆《あき》れるやら、感心するやら。菜乃香は苦笑して、でも心はさっぱりとして、

「ライさん、いろいろありがとうございました」

頭二つ大きな彼を見上げ、にっこりする。ライはそれに応える代わりに、

「これ忘れちゃダメだろ」

いーくんが残していったメタルボタンを手渡した。

『これでがんばれるよね』

ボタンを握ると、やさしい声が耳によみがえる。

ごめんね、と、菜乃香は心の中で答えた。

どうやらちょっと、がんばれそうな状況じゃない。本当は、がんばりたいけど。

うつむく菜乃香の頭上に、大きな手のひらがやさしく降ってきた。

「──菜乃香は俺にとって希望だったよ」

声につられて顔をあげれば、ボタン屋店主がおだやかに笑う。

「本屋とか、靴屋《くつや》とか、帽子屋とか……他にもここと似たような店がいくつもあって、似たような役目を持ったやつが何人もいて、みんな淡々と仕事をこなしてる。俺も自分の役

割を理解したとき、とっくに心の整理はつけたつもりだけど——実は、ここにあるボタンの数だけ帰らない人を見送らなきゃいけないのかも、って想像して、ときどき途方もなくしんどくなることがある」

引き出しの壁を下から上へと流し見る、若馬のような店主。その切なげな表情は、菜乃香と目が合うとぱっと笑顔に変わった。

「菜乃香は、今まで誰も応えてくれなかった『また来てください』って言葉に、応えてくれた。それって、俺にとってはけっこう奇跡的な出来事なんだよ。見送るだけじゃないのかもって、希望が持てた」

「……じゃあもしかして、あたしが毎日来て実はけっこううれしかった？」

「まあね。また来てくれたら、もっとうれしいけど。……って、女々《めめ》しいか」

ライがよそ見しながら言うから、菜乃香はくすっと笑った。

なんだかおかしかった。そんなはずはないのに、心臓が速く動いている気がする。頬に熱い血が巡っている気がする。

『菜乃香——』

ますますおかしい。遠いところから両親の声が聞こえる。目を閉じて耳を澄ませば、捨てられたはずのワンピースが、きちんとハンガーにかけられているのが見える。ボタンをつけて仕上げるはずだった、キャロットオレンジのワンピース。

（がんばりどころってここなのかな、いーくん）

手のひらに目を落とすと、メタルボタンが鈍く光を反射した。

「――ライさん、あたし行きます！」

メタルボタンと自分のボタンをまとめて右手に握りしめ、菜乃香はたっと戸口へ駆けた。

オレンジのライト。飴《あめ》色のカウンター。薬簞笥《くすりだんす》みたいな壁の引き出しに、背の高い椅子《いす》。

そして「また来て」と手を振る、若馬みたいにかっこいい店主。

真鍮《しんちゅう》のノブに手をかけながら、全部をゆっくり見回して、うんと深い呼吸をして。

「行ってきます！」

皆月菜乃香は店を出た。

外は目がくらむほどまぶしかった。

第二章　裏側の世界

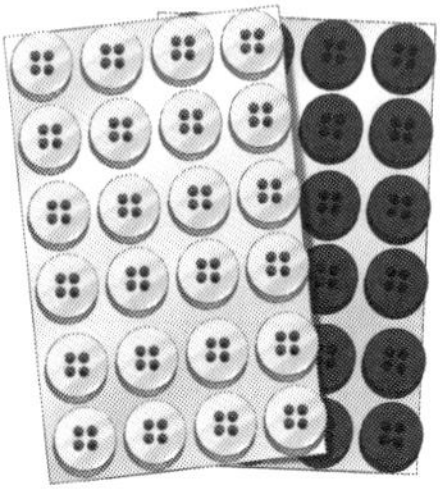

力ボタン
ボタンがゆるくなりがちな、
厚手の服につけられるもの。
補強の役目を持つ。

薄暗い部屋にずぶ濡れの日本人形が佇《たたず》んでいた――ように見えて、店主は一瞬息をのんだ。

もっともそれは人形ではなく人だとすぐに分かったが、橙《だいだい》色の照明ひとつに照らされた彼女の姿は、大の大人をひるませるくらいには異様なオーラを発していた。

中学生か――ぎりぎり高校に入りたてか、という顔立ちの少女だった。

どこかの制服らしい、淡いレモンイエローのブラウスと、深い緑のスカートを身に着けた彼女は、まるで古井戸からはい出てきたかのように濡れそぼり、黒々とした髪をべったりと頬《ほお》に張りつかせてそこに立っていた。

「……いらっしゃいませ」

慎重に声をかけた店主に、彼女はゆらりと目を向けた。

表情はなかった。返事もなかった。

かわりに彼女は――なぜだろう――ブラウスの襟《えり》をかき寄せ、ばっと店主に背中を向けた。

彼女の足元に、影はなかった。

全国チェーンのファミレスやドラッグストア。コンビニにコーヒーショップ、ファストフード店。銀行に書店、果ては居酒屋まで、駅の南口を出てひと回りすれば日常的な用事がだいたいすむ——というのが、近頃のこの地域の『売り』だった。

周辺に次々と新しいマンションが建ったこともあって、人口は増える一方。電車もバスも昔に比べて格段に便がよくなり、「近々大きなショッピングモールができるらしい」という、立っては消えていた噂《うわさ》も、そろそろ現実的な話になりつつある。

そんな、再開発の成功事例を地で行くような南地区から、視点を真逆に切り返したところ。駅北部の一角に、『いっぴん通り』という小さな商店街がある。

一見、古くさいうらぶれた商店街。しかしゆっくり巡り歩いてみれば、お茶も飲める創業ウン十年のおかき専門店から、すべてのメニューに特製ベーコンを使ったこだわりの食堂、椅子《いす》とソファのセレクトショップに、飛行機の模型ばかりを扱うおもちゃ屋——などなど、『一品』あるいは『逸品』に情熱を傾ける個性的な店が並んでいるのに気がつく。

けっして一般受けはしない。

だが、愛好家がお気に入りの店目がけて一直線にやって来て、ゆっくりと至福のときを過ごす。

いっぴん通りは、そういう、どこかマニア向けな雰囲気《ふんいき》の漂う通りだった。

——はずなのだが。

「かわいー！」

「こっちも、見てみてー！」

——と、この店だけは別次元のように賑《にぎ》わっていた。

いっぴん通りの西の端、ブルーと白の日よけが目印の、つぼみボタン店である。

入り口にボタンをかたどった看板をさげたこの店、その名のとおり、ボタンの専門店である。

白い壁に囲まれた店内にはココアブラウンのウッドシェルフが並び、年中需要《じゅよう》の絶えないシャツボタンから、春向きの明るい色合いのボタン、既製服には絶対についていないような個性的なボタン、海外もののアンティークや激安のリサイクル品まで、ありとあらゆる色・素材・デザインのボタンを、ずんぐりした甕《びん》の中に詰めて陳列《ちんれつ》している。

店内にはボタンしかない。

ボタンだけである。

商品だけではなくインテリアもそうで、店の上がり口に敷いたマットもボタン型なら半分ガラスをはめこんだ扉の取っ手も二つ穴のボタン型、ドアが開閉するたびちりんと鳴るウインドチャイムの真ん中で揺れるのも、赤・黄・青のガラスのボタンを三つつなげた涼しげなチャームだ。

壁にかかった時計もブラス製のボタンが動く振り子時計で、ショーウインドウから通りに向かって愛嬌《あいきょう》ふりまく二体のぬいぐるみも、ブローチのようにボタンをつけた、ボタン目の、お互いにボタンを贈り合う格好のクマ。

いっそしつこいと言ってしまいたくなるほどのボタン推しだが、いずれも開店祝いにいただいたものばかりで、店主はとても気に入っている。

もちろんその店主も、ボタン屋店主に相応《ふさわ》しく、ボタンシャツを欠かさない。今日は厚みのある黒ボタンをグレーの糸で縫《ぬ》いつけた、ピンストライプのシャツである。長袖《ながそで》だが、袖をまくっていた。暑いのである。

（……まだ四月の半ばなんだけど）

店主・ライは、うっすらと汗をかいたあごを手の甲でぬぐった。

桜前線が急ぎ足で去っていったあとの、ある日曜日である。

周辺の店が通常どおりのんびり営業している中、この店に限っては外に空き待ちが出るほど盛況だった。

もともと広くない店内にはお客がひしめき、あちらこちらで花が降るように「かわいい！」の声があがる。女性客ばかりなので、にぎやかで、華やかで、明るい雰囲気なのだが、なにせ混みあっているので熱気のこもり方がひどかった。奥のレジカウンターに閉じこめられた状態のライはなおさら、エアコンの力を借りるべきかと真剣に悩んでしまうところである。

「まだまだブームは終わらないわねえ」

腕時計に目を落とした直後、棚《たな》と棚、客と客の間をぬってようやくレジまでたどり着いた常連客・浦添《うらぞえ》さんに、そう声をかけられた。母親と同世代のご婦人で、おしゃべり好きな人だ。

「すみません、ゆっくり見ていただけなくて」

彼女がさし出す壜を受け取りながら、ライは頭を下げた。

この店は、買いたいボタンを壜ごとレジに持参してもらうシステムだ。蓋《ふた》の内側にバーコードが貼ってあり、そちらを読ませて会計をする。五つちょうだい、という注文を受けてさっそく取り分けていると、彼女はお財布片手にからりと笑った。

「まあね、ゆっくりできないのは残念だけど、むしろいいのよ」

「本当ですか？　気になりませんか？」

ライは驚きを持って訊き返す。

商品陳列のコンセプトは「宝探し」だから、近頃多いご新規のお客は棚に張りつきがちだ。どこに何があるか、だいたい把握《はあく》している常連客にとって、そういう動かないお客は邪魔に感じるはずなのである。

しかし浦添さんは「ほんと、ほんと」と鷹揚《おうよう》にうなずき、

「だって前なんかガラガラで、いつ閉まっちゃうか分からない状態だったでしょ。そうなるよりはずっとマシよお」

「そう言われると返す言葉もないですね」

ライは苦笑いするしかない。

もともとこの店に来ていたお客は、浦添さんのような子育てを終えて自分の時間をゆっくり持てるご婦人方とか、小さい子どものためにがんばる若いママさん、はやりのハンドメイド作家に、たまに本職かな、と思われるスタイリッシュな人たちだった。

ボタンという、日用品とも、消耗品《しょうもうひん》とも言い難い微妙なポジションの品を扱っているだけに、日常的に需要があるわけではない。浦添さんの言うとおり、以前は開店休業状態もざらだったのである。

しかし今や店内すし詰めの大盛況。

原因は、至極《しごく》単純だ。雑誌の片隅で紹介されたことがきっかけで、爆発的に客足が伸びたのだ。

当時はあまりの反響に「うれしい悲鳴」を通りこして本当に悲鳴をあげたいくらいで、気軽に取材を受けてしまったことを心の底から後悔したものだが、ひと月したころにいくらか落ち着き、今、ＳＮＳで広まった情報が適度にお客を連れてきてくれる。土日はこのとおり混雑するが、平日は話をしながら商品を提案できるくらいのゆとりは持てるようになった。

とはいえ、開店当初からネット販売もやっているので昼食をとれないこともざらだが、

それでも、

「店長さん。流行なんていつ終わるか分かんないんだから。今のうちにがっちりお客さん摑《つか》んで、末永《すえなが》くお店やってちょうだいね」

にっこりする常連さんの言葉でたちまち疲労を忘れるくらい、この仕事を愛している店主である。


ようやくお客が引いたのは、四時前だった。

店内が無人になったのはその日初めてのことで、ライは狭いバックヤードに身体《からだ》をすべりこませ、ペットボトルの水をいっきに半分ほど飲み干した。

さすがに週末だけあって、来客も多ければネット注文も多かった。ご新規のお客が多いせいで「壜ごとレジまで持参」のルールが行き届かなかったり、混みあうせいでお客の荷物がぶつかり棚がずれてしまったりと、トラブルも続いた。一度座りこんだらもう動けなくなりそうなほど疲労困憊《こんぱい》していたが——気を抜いている暇はない。

ライの仕事はボタンを売るだけではないのだ。

は……と短く息をつき、ペットボトルをレジの横へ。

「ほぼ一日放ったらかしだったな……」

無意識に反省の弁をこぼしながら、レジの裏、「STAFF　ONLY」のプレートをつけた扉を押し開ける。

オレンジの明かり。飴《あめ》色のカウンター。壁を埋め尽くす、引き出しの数々。

通りに面した「つぼみボタン店」が女性向けを意識した明るい内装であるのとは対照的に、裏は薄暗くて重厚な、古い喫茶店《きっさてん》のような風情《ふぜい》である。こちらも、いちおうボタン屋である。

ただしちょっと、いわくつきの。

「そろそろ落ち着いた？」

ライは絶対不可侵《ふかしん》の境界線を守るように、戸口から中に向かって声をかけた。

返事の代わりに、うす暗い部屋の隅でびくっと人影が揺れる。

十代と思《おぼ》しき長い髪の少女だ。

壁に額をつけ、すがりつくような恰好《かっこう》で固まっているが、濡れて顔に張りついた長い髪の隙間《すきま》から目だけは確かにこちらを見ている。ときおり髪の先から水がしたたるさまはホラー映画のようにも思えるが、今のところ、彼女が奇声をあげて襲いかかってくるような事態は起こっていない。

――本日も変化なし。

腕組みしたライは、ひっそりと心の日誌にそう書き記した。

彼女は、四日ほど前に店の裏側に迷いこんできたお客である。

名前は分からない。年齢も不明。ただ、見た目からしていかにも只事《ただごと》ではないことだけは分かり、善良な大人として放っておけずにどうにか話を聞こうと試みているが、彼女は難攻不落の要塞《ようさい》に立てこもっているかのごとくいっさいライを近寄らせない。

彼女は口を利《き》かないのだ。それでいて、怯《おび》えたようにブラウスの襟元を握りしめ、声をかけるたびにその場で縮こまる。

あまりに拒絶的な空気が漂っているので、ライもライで深入りを避け、彼女の方から城門を開いてくれるのを待っているのだが——まだまだ閂《かんぬき》すらはずされていないもようである。店のお客は九割が女性だからして、これでもふだんから身だしなみには手は抜かないし、話し方ひとつにしても気をつけているつもりなのだが。

「……ここは長居していい場所じゃないんだけど」

つい、愚痴《ぐち》っぽい言葉が口をついた。

裏の店は、この世とあの世の狭間《はざま》にあるちょっと不思議なボタン屋である。なぜそんなものがこんなところに——などと論理的に考えるのはとうにやめていて、今はただ、あの世へ向かいつつあるお客が忘れものを探しに来る、という事実だけをありのままに受け入れ、客の探しものを手伝っている。

彼女も、ここに来たからには——そしてそのただならぬ姿からして、そういうお客のはずである。

だからして、彼女は一刻も早く忘れものを取り戻して安息の場所へと旅立つべきで、忘れものを探すためには、それなりにヒントが必要である。ヒントを得るにはコミュニケーションが必要である。つまり、いつまでもだんまりでは非常に困る。

さりとて明らかに嫌がっている少女の傍にずかずか近づいていくのははばかられ、店主は途方に暮れる。そのくり返しである。

(本当に、どうすればいいんだろ……)

善良な大人が、善良ゆえにほとほと困り果てたときである。

背後で、ちりん――ガタンと、激しい音が鳴った。おもての店に提げたウインドチャイムと、入り口のドアが強く閉まった音だった。

乱暴だな、と眉《まゆ》をしかめて振り返ると、ガラス張りのドアの向こうに女性客の姿が見えた。どうも突然の強風に襲われたようだ。右手で帽子を、左手でくるぶしまであるモスグリーンのスカートを押さえ、顔にかかった長い髪をうっとうしがるように小さく首を振っている。その拍子に肩にかけていたバッグの紐《ひも》が肘まで落ちて、彼女をさらにあたふたさせていた。

「大丈夫ですか?」

いったん裏へ続く扉を閉め、おもてのガラス扉を開けにいくと、帽子のお客は夜道で声をかけられたみたいにぴくっと背筋を伸ばした。

驚かせたか。思ったところで引けない手でドアを支えていると、

「ライさん……？」

か細い声がした。

一瞬心臓をひっかかれたような気持ちでお客を見下ろすと、広くせり出すつばの下から、大きな瞳がのぞく。

誰か、とか、考えるより先に、勝手に声が出た。

「菜乃香《なのか》……？」

「は――はい！　お久しぶり、じゃなくて、はじめまして？　よく分からないけど、えーと、はい、皆月《みなづき》菜乃香です！」

帽子をむしり取って、乱れた髪をいそがしくなでつけて。

花火が開くようにぱっと笑ってみせた彼女は、やはり皆月菜乃香だった。ずっと前、裏の店から見送ったはずの。

「あは、やっぱり夢じゃなかった！　あたし、信じてたんですよ。絶対に夢じゃないって。やっぱりいた、ライさん！」

十代の女の子そのもののテンションで彼女は笑った。ライも笑みを返そうとしたが、うまくいっていないのが自分で分かる。

混乱していた。

裏に迷いこんで、送り出した彼女が、今、おもての店にいる。

事実はたったそれだけなのに、頭がついてこないのだ。

「あの、あたし、なんかよく分かんないんですけど、不思議なボタン屋さんに迷いこんだ夢を見たあとに唐突《とうとつ》に目が覚めたんです。そしたら知らないうちに秋になってて！　それから、怪我《けが》が治るのを待って、リハビリいっぱいして、二月に無事退院して――」

菜乃香は、息を継ぐのももったいないくらいの勢いでしゃべり始めた。

彼女が裏に迷いこんできたのは猛暑の頃だったから、軽く半年以上は経っている。当時に比べると髪が伸び、少し大人びたような気がするけれど、人懐っこいところはちっとも変わっていない。「ホント、奇跡ですよー」と、彼女は帽子を胸に抱えて無邪気に笑う。

「まだ病院にいるときにたまたまお母さんが雑誌買ってきてくれて、それで見つけたんですよ、ここ！」

ほらこれ、と、菜乃香がトートバッグの中から雑誌をひっぱり出す。この店にご新規のお客をたくさん連れて来てくれた、あの雑誌だ。

「あたし、これに映ってたライさんを見て『あーっ！』って叫んだんです。それまではリアルな夢だと思ってたけど、いた、って確信して。退院したら絶対行くって決めて、リハビリ、すっごくがんばりました！」

勢いつけてしゃべりすぎて、彼女はついに息を切らし始めた。なんだか必死に飼い主を追いかけてきた仔犬を見ているようだ。褒めて褒めてと訴えかけるような目を向けられて、少し、気がゆるむ。癒《いや》されたともいう。

と、そこで急に怒濤《どとう》のおしゃべりがやんだ。

「……あのう」

一転して、彼女は不安そうにこちらを見る。

「……あたし、調子に乗りすぎました？　あ、重かった？　重かったですか、あたし！」

こちらが無反応だったせいだろう。帽子に隠れるように身体を縮める菜乃香に、ライは「違う違う」とあわてて笑いかけた。

「ちょっと驚いただけ。まさか帰ってくる人がいるとは思わなくて」

「じゃあオバケみたいですか？　不気味？」

「なんで。また会えてうれしいよ」

「ホントに？」

「そこ疑う？」

すかさず返すと、菜乃香が肩をよじるようにして笑った。

そうだ。この子はこういうふうに笑う子だった。

しみじみと思い出すと、戸惑いも疑問も何もかも、不思議と遠くに押し流された。

空から聞こえる鳥の鳴き声に気づいて、外を吹き抜ける風を感じて、いつまでも戸口で立ち話をしている呆《あき》れた自分に気づいて、菜乃香を店の中へ案内する。

レジカウンターの下から丸椅子《まるいす》を持ち出してすすめると、菜乃香はきょろきょろしながらも大人しくそこに腰かけ、膝の上に帽子を置いた。少し、脚の動きがぎこちないように感じたが、ひとまず目につくところに傷痕などは見当たらない。

「身体は？　何ともないの？」

「あ、はい、だいたいは。走ったりはできないですけど、日常生活に不自由はないです。ミシンも踏めるし、針に糸通すのも、前とおんなじようにできました！」

「そこが基準なんだ？　相変わらずだな」

「それで死にかけたのに、って？　ライさん、あたし悟りましたよ？　人間そう簡単に変われないいんです」

そう、すまし顔で胸に手を当てた菜乃香は、「でも……」と急に大人びた顔で店内に視線をめぐらせた。

「お店は変わっちゃったんですね。ここ、あたしが来たお店と全然違う。雑誌見て、ライさんはライさんだって確信したけど、お店の内装がまったく別物だったからちょっと自信が揺らいでもいたんです。……改装したんですか？」

彼女がさびしげに見回す店内は、確かに菜乃香の知っているボタン屋ではない。

女性の心を刺激する、かわいくて、お洒落《しゃれ》で、わくわくするような店。利益を出すために、機能性よりも優先すべきものを優先した店だ。

菜乃香は、この女性客に好評のおもての店より、引き出しだらけの暗い店に愛着を持ってくれていたのだろうか。そう想像すると、静かなよろこびがこみ上げてきた。裏の店のことは誰にも話したことがなかったし、これからもそうするつもりだったのに、つい素直に白状してしまう。

「こっちはおもてなんだよ。裏の、もともと倉庫だったところが菜乃香が迷いこんできたところ。あっちはそのまま。あのときのままだ」

「本当ですか！」

朝日が照らしたように、菜乃香の表情が明るくなる。

「見たい！　見たいです！」

「ああいいよ。おいで」

素直な反応がうれしくて、ライは気安く請《う》け負った。

長い髪をふわっと揺らしてよってくる菜乃香を待って、裏への扉を押し開ける。

他にお客がいなかったから、少しも躊躇《ちゅうちょ》しなかった。

ふいの再会が、熱のこもった懐かしさを運んでいたせいもあるだろう。

だから――というとただの言い訳にしかならないが、ライはその瞬間、肝心《かんじん》なことを失念していた。

無数に並ぶ引き出しに囲まれた、狭い店内。橙《だいだい》色のライトにぼうっと照らされた——日本人形のような彼女の存在。

バタン、と、ライはつぶさにドアを閉めた。

ほんの数分前のことを忘れたうかつさに、「はは……」と乾いた声がもれる。

横から、菜乃香がひょいと顔を出した。

「今誰かいましたよね」

ぎくっとしながら、彼女を見下ろす。

「……見ちゃった？」

「見ちゃった。あたしと同じくらいの歳《とし》の女の子だった。和風美少女って感じ。なんか濡れてましたよね？」

一瞬だったのにたいしたものだ。菜乃香は実に見事に言い当ててみせた。

「もしかしてあそこ、あたしが来たところですか？　あの子、そういうお客さん？」

しかも察しよく、すべてを見通してしまう。

ここで相手がただのお客だったら、嘘を並べてでも否定しただろう。しかし彼女相手では否定も誤魔化《ごまか》しも無意味だ。ライは「そう」とうなずき、

「そういうお客さん。何日か前からいるんだ。ちょっと解決が難しくて、まだ送り出せず

じまいで」

「そういうこともあるの？　ライさん、ちょっと話を聞くだけでささっと解決したイメージですけど」

「相手がしゃべってくれれば早いけど。あの子は全然、話もできてないから」

「ふうん……人見知りするのかな」

「いや。俺が怖いんだと思うけど」

「えぇー？　ありえないですよ。ライさん、イケメンだし。さわやかだし。見た目からしてやさしそうなのが分かるし。ときめくことはあっても怖がることはないですって」

フォローを通り越してべた褒めされて、ライは半端に苦笑した。

「俺それどこまで本気にして聞いたらいい？」

「どー―どこまでって」

自分で言ったくせに、菜乃香は口をパクパクさせ、目に見えて焦り始めた。一人前の口を利《き》いても、まだまだ純粋で、素直な「女の子」らしい。かわいいと思った。九割がた本気で。

「いいよ、全部本気にするから」

あまり戸惑わせるのもかわいそうだ、と、冗談めかしてそう返すと、菜乃香は必死に作ったような真顔の隅に動揺《どうよう》の影を残しながら、うんうんとうなずいた。

「かっこいい人を前にすると緊張する子もいるから、そういう子なんですよ、きっと！」

せっかく終わらせてあげたのに蒸し返すのか。

十代女子の難解な思考に思わず苦笑してしまうと、

「そこ含めてあたしが訊いてみましょうか？」

「え」

急に思いがけない方に話が転がり、ライは頬《ほお》をこわばらせた。

「だって女の子同士なら話しやすいでしょ？　歳も近そうだし」

たたみかけるように、菜乃香はにっこりする。

確かに人を替えた方がいいんだろうな、とうすうす感じていた。それが同性の、しかも同年代が相手ならあの子も心を開くかもしれない。しかし、どう見てもいわくありげなあの子を、繊細《せんさい》な十代女子と引き合わせていいものだろうか。

「じゃ、行ってみますね」

ライがひとりで期待と懸念《けねん》をはかりにかけているうち、菜乃香は裏への扉に手を伸ばしていた。「あ」と、とっさに引き留める言葉が出かかったが、先読みされていたのか彼女は「大丈夫！」と笑い、

「あたしがライさんにしてもらったことをしてみるだけだから」

ほら、こっちもお客さんですよ――と通りを指さし急《せ》き立てた。

直後に軽快なウインドチャイムの音がした。

そちらに気を取られたときには、菜乃香は裏の店へ入っていた。

扉が閉まる直前に目に入った、ひらりと揺れるグリーンの裾《すそ》。

なぜだろうか、指先に留まっていたちょうちょが飛んで行ってしまったような、妙にさびしい気分になった。


「うーーああヤバい、泣きそう……！」

「ＳＴＡＦＦ　ＯＮＬＹ」の向こうに駆けこんだ菜乃香は、今閉じたばかりの扉に背中をつけてしゃがみこんだ。

ここが自分の部屋だったらみっともなく泣きじゃくってしまいそうだったが、あいにく外の――しかも店の中だったので、身体《からだ》をぎゅーっと小さくして、どうにかこうにか、爆発しそうな感情を身体の奥まで押し戻した。

事故に遭《あ》って、八か月がたっていた。

今日に至るまでの経緯はライに話した通りで、菜乃香の生活は少しの変化を残しつつも、だいたいのことが元通りになっている。

でも、どこにいても、何をしていても、ひとつだけ足りないとずっと思っていた。さながら完成目前のパズルのピースをひとつだけなくしてしまったように、どうにももどかしく「足りない！」と。

足りなかったのが、ここだ。

無数の引き出しに囲まれた薄暗い空間。飴《あめ》色の長いカウンター。うんと脚の長いスツールに、真ん中に下がったオレンジのペンダントライト。何もかも記憶通りの、『ボタン屋』。

「はあー……」

順に見回して、最後に若き店主の顔を思い出すと、膝を抱えたままとけたアイスみたいにだらんとなった。

「ライさん、超イケメン……！」

見た目も中身も、全部だ。

もしかして忘れられてるかも、と、不安にもなっていたのに、名乗る前に名前を呼ばれたし、びっくりされたけど「また会えてうれしい」なんて言ってもらえた。そんなことにいちいち震えるほど感動して、いっきに涙腺《るいせん》が壊れそうで、最後は焦りに焦って、こっちに逃げこんできたようなものだった。

「ホント泣きそう……！」

ここに来るにあたってはりきって作ったグリーンのスカート。

そこに、再び感情を押しこめるように顔をうずめた——そのときである。

「……大丈夫ですか……」

突如頭上から声が降ってきて、菜乃香の心臓は跳ねあがった。

お客がいるのは承知の上だったのに、そのことがすっかり頭から消えていた。

「あ、すいませ――！」

急いで立ち上がってスカートを払おうとしたところで、菜乃香ののどは凍りつく。途切れたあいさつはそれ以上出てこなかった。悲鳴も出ない。それほど衝撃的なお客が、そこにいた。

先ほどちらりと目にしたとおり、自分と同年代の少女だった。

そっけないブラウスと、しゃれっ気のないスカートは、きっとどこかの制服。中学生か高校生かは迷うところで、女性らしい身体つきは大人っぽいけれど、顔立ちは幼い。

膝を隠すスカートの丈と、真っ黒な髪が彼女の真面目《まじめ》な性格を予想させるが、正直ちょっと怖かった。まるでカーテンの隙間《すきま》からのぞくように、濡れて張りついた髪を指でよけてこちらの様子をうかがっているのだ。引き結んだくちびるがまた、妙に迫力がある。

菜乃香はごくっとのどを鳴らした。

彼女はやっぱりずぶ濡れだった。水がかかった、なんてなまぬるいレベルではない。頭まで水につかった感じだ。

一目で悪い想像をかきたてられた。

この子は、絶対に何か怖い目に遭っている。水に沈むような怖いこと。

それはもしかしたらニュースになるような、事故か——あるいは事件かもしれない。そんなことを短い時間で駆け足に考えた末、菜乃香はぱちんとスイッチを切り替えた。

「こんにちは！」

笑顔笑顔、と自分に呪文をかけながら、菜乃香はカウンターを出て少女に近づく。

「さっきはあいさつもせずにごめんね。よかったらそこに座って。話、しようよ。あ、髪とか濡れっぱなし……ハンカチ、役に立つかな？」

一気にまくしたてると、少女は逃げるように壁に身を寄せた。かなり戸惑った様子だったが、かまわず近づき、チェックのハンカチを押しつける。

彼女の足元には影がなかった。だが、ハンカチを通して手が触れる感覚はある。

そんな発見にいちいち動揺《どうよう》しながら、しかし必死で平静を装って、

「名前、なんていうの？　あたしは菜乃香」

「あ……ユウミ、です」

かわいい声が答えた。「ユウミちゃん」とくり返すと、彼女は水をしたたらせながら小さくうなずく。

とりあえず、第一関門突破。菜乃香はにっこりした。

「歳《とし》いくつ？　高校生？」

「いえ、中三です。丘ノ坂西《おかのさかにし》の……」

「あー知ってる！　サッカーが強いところだ！」

はい――とうなずいた彼女は、おどおどしていたがちゃんと答えてくれた。同性相手だからだろうか。思ったよりも壁が低い。

調子づいた菜乃香は、「こっちこっち」と彼女をスツールに座らせ、自分はカウンターの中に入って話を続けた。

「ユウミちゃんってかわいい名前だね。どんな字書くの？」

「あ、ありがとうございます。名前、優しい海、って書きます。うち、親が海の近くで育ったから、みんな海に関連する名前なんです。姉もミナミ……美しい波って書いて美波で、犬はマリン、金魚はコンブとワカメって名前です」

「コンブとワカメ……！」

菜乃香が思わず吹き出すと、優海の表情がいっぺんにほぐれた。もしかしたら、彼女の中でそれは人を笑わせる鉄板ネタなのかもしれない。

お互いがなごんだところで、優海がきょろきょろと店内を見回した。

「ところでここ、どこなんですか？　気づいたらいたんですけど」

「さっきのお兄さんのボタン屋だよ。失くしたボタンとか、探してあげるところ」

菜乃香は徹底的に枝葉を落として説明した。ここで迷い人がどうだのとか影がないのだとか言いだすと、かえって話が面倒な方向に転がってしまいそうだと思ったのだ。

できるだけ軽い調子で話を進める。

「優海ちゃんも、なにかボタンを失くしてるよね」

切り出すと、優海はハッとして襟《えり》をかき合わせた。そこで初めて菜乃香は気づく。

彼女のブラウスには、第二ボタン、第三ボタンがなかったのだ。

たちまち、さっきよりも二倍も三倍も悪い想像が頭に浮かぶ。

ボタンが飛んで、水びたし――なんて、凶悪事件のにおいしかしない。

ライに対して拒絶的なのも、こうなると重大な意味があるように思える。ライではなく、男性なら誰が相手でも同じなんじゃないだろうか。

（うわ、今嫌なこと想像した――！）

全身で、じわじわというおかしな鼓動を感じた。しかしそれを優海に悟らせてはいけない気がして、菜乃香はどんどん悪い方へ流されていく思考を面舵《おもかじ》いっぱい切り返し、

「優海ちゃん。ブラウスのボタン、どこで失くしたか覚えてる？」

思いきって核心に迫った。

優海が硬直した。

はじめはきょとんとしているように見えたけれど、まばたきしたその瞬間に、いくらか衝撃を受けたような顔色に変わっていた。

心当たりがありそうだ。もっと踏みこむべきだろうか。

迷っているうち、彼女は震えるように首を振った。

「お、覚えてないです」

「覚えてない？」

訊き返すと、「はい……」と彼女はうつむいてしまう。

本当だろうか。心の片隅で疑いながらも、菜乃香はつとめて前向きに提案した。

「覚えてないなら、思い出してみようよ。順番に」

自分はライにそうやって促されて思い出した。だから同じようにすれば思い出せると、単純に考えていた。

しかし優海は菜乃香と違っていた。思い出すどころか、真っ赤になって叫んだのだ。

「思い出させないでください！」


「あ——菜乃香」

石を呑《の》んだような気分でおもての店に戻ると、すぐさまライがかけよってきた。少しかがんで「大丈夫？」と問いかけてくる顔は、憂慮《ゆうりょ》でくもっている。

菜乃香は、彼の目から逃げるように下を向いた。

「ごめんなさい。あたし、うまくできなかったみたい……」

はりきって飛びこんでいったくせに成果なし、どころかマイナスになったくらいだ。申し訳なくて顔もあげられない気分だったが、すぐに「そんなことないよ」と励《はげ》ます声が降ってきた。伏せたまぶたを大きく持ち上げると、そのタイミングで腕時計をつけた手が菜乃香の頭上でポンと跳ね、

「じゅうぶん話が聞けてた。ありがと」

と、ライがにっこりする。

菜乃香は一瞬ぽかんとして、続く数十秒でひっそり悶絶《もんぜつ》した。

（ライさん、やることまでイケメン……！）

この半年ほどの間ずっとずーっと会いたいと思っていた人にこんな不意打ちをされたら、しょぼくれた気持ちもどこかへ飛んでいくというものだ。気を抜くとにやけてしまいそうで、菜乃香は必死にこしらえたまともな顔でちらりと店主を見上げた。

「……話、聞こえてたんですか？」

「こっちのお客さんがはやばや帰っちゃったからね。——思ってたよりよくしゃべる子だったな。やっぱり女の子同士の方がよかったってことか」

ライが「ＳＴＡＦＦ　ＯＮＬＹ」の扉を眺めてそう言った。

軽い口調だが、その目は真剣だ。菜乃香も浮つきかけた心を急いで引きしめ、

「あたしも意外でした。第一印象がちょっと怖かったから構えちゃったけど、話してみたら案外ふつうで。失くしたボタンも、きっとあれですよね。ブラウスのボタン」

「ブラウス？」

ライが眉《まゆ》を大きく持ち上げる。

「気づいてませんでした？　優海ちゃんのブラウス、胸のボタンが二つ取れてました」

「ああ……首元かなり開いてるな、とは思ったけど。ボタンが飛んでたんだ？」

はい、とうなずくと、にわかにライの顔が険しくなった。「水びたしでボタンまで取れてる、か……」と、深刻につぶやく。

「あんまり考えたくないですけど、優海ちゃん、絶対凶悪事件に巻きこまれてますよね。だからライさんを――男の人を嫌がるんですよ」

「うん……まあ、只事《ただごと》じゃないとは思ってた。だから不用意に近寄らないようにはしてたけど……」

それきり、明るい店内を重い沈黙が支配する。

あの店に来るのがこの世を離れかけている人だ、ということは、菜乃香も経験則から知っている。

彼女も何かしらの理由があってあそこにいるはずだ。

いったい何があったんだろう。

彼女は今もあのひどい服のまま、川か海か、湖か——暗い水の底にいるのだろうか。想像するだけで気がめいってくる。

「菜乃香」

呼ばれて、菜乃香は顔を上げた。ライはうんと背が高いから、そばに立っていると菜乃香の視線も通常よりずっと上を向く。この角度、久しぶりだ。

「あの子がなくしたのがブラウスのボタンなら、探すのは難しくない。返すのも、送り出すのも、そんなに時間はかからないよ。菜乃香のおかげだ、ありがと」

ライが、気をまぎらわせるように声をやわらかくした。肩の力が抜けるような声だ。

しかし、菜乃香はその声に癒《いや》されはしても、その言葉にはうなずかなかった。

「……ボタンを返すだけじゃ、優海ちゃん、こっちに帰れないかも」

「……帰る？」

ライが不思議そうに訊き返してきたから、うなずく。

「あたしみたいに、この世に帰るの。ボタンを手に入れただけじゃダメな気がする」

根拠はない。でも、思ってしまう。

例えばあの夏の日、自分が望み通りのボタンを手に入れただけで店を出て行っていたら。もやもやした気持ちのままあの扉を開けていたら。

きっと自分は帰ってこられなかった。

優海も一緒だ。憂《うれ》いをとりのぞいてあげないと、戻ることができないんじゃないだろうか。

「……本当に帰れると思う？」

ふいにライがつぶやいて、菜乃香はハッと視線を上げた。こちらを見下ろしてくる、生《き》真面目《まじめ》な顔。

「――帰れますよ！」

遅れて大きな声が出る。

「だってあたし、帰れたもん！」

現にこうして、ここにいる。

だが、ライは何も言わなかった。ただただ菜乃香を見つめていた。

菜乃香がこうして帰れたことを、ただの偶然だと思っているのかもしれない。

絶対に違う。

菜乃香が目覚めたのは運命でも、神さまの気まぐれでもない。

菜乃香の気持ちが前を向いたからだ。

帰りたいと思ったからだ。

そう思わせたのは、他ならないこの人のはずだった。菜乃香の話を聞いてくれて、釘を刺しながらも励《はげ》ましてくれた、この人の――。

急に大波をかぶったような気分で、菜乃香はライを見つめ返した。

「……あたし、やっぱり来ない方がよかった……？」

自分にとってか、彼にとってか。分からないまま問いかける。

ライは子どもをなだめるように首を振った。

「そうじゃない。会えてうれしいのは本当だよ。これは、本当」

ただ——と、短いため息を挟んでライは言う。

「——今起こってることは全部、俺が見ている都合のいい夢かもしれない」

「……夢……？」

呆然《ぼうぜん》とする。

今、目の前にいるのに？　話をしてるのに？　笑いかけてくれたのに？　この人は、全部夢だって言うんだろうか。

じりっと、心が焦げる音がした。

涙がこみ上げる兆《きざ》しを感じ、必死でくちびるを噛《か》む。でもそう長く我慢できる気がしなくて、菜乃香は丸椅子《まるいす》の上に置いていたバッグと帽子をひっつかみ、動きの悪い足で出口へと急いだ。

「菜乃香」

呼び止められたウインドチャイムの下、菜乃香は少しだけ振り返った。ライは、後悔しているような顔をしていた。

――だったら、言わなきゃよかったのに。

そんなことを思いながら、胸を使ってめいっぱい息を吸いこむ。

「あたし、優海ちゃんを帰してあげます。それで証明する。ちゃんと帰れるって」

一方的に宣言して、店を出る。

つい口調が強くなってしまったのは、自分とライの間にある温度差に、どうしようもなく傷ついたからだ。


丘ノ坂西中学校は、ボタン屋から見ても、菜乃香の家から見ても、電車とバスを駆使すれば通勤・通学範囲内と言えるくらいの距離にあった。近くに大きな団地があるので生徒数も多いのだろう、校舎も大きく、放課後のグラウンドは部活に励《はげ》む生徒でいっぱいだった。

学校帰りの菜乃香は、制服姿のままその中学の前をうろうろしていた。

優海のことをなにか聞けたら、と、思いきって足を運んだのだが、さすがに、卒業生でもないのにずかずか中に入っていくほどの度胸はない。今どき学校が部外者に対して敏感なことくらい、菜乃香もちゃんと知っているのだ。

「ちょっと、あなた」

三十分ほど攻めあぐねていたころ、案《あん》の定《じょう》声をかけられた。

どこかの運動部の顧問《こもん》教師か、ジャージ姿の四十代くらいの女性だった。不審に思われたのか、けしてやさしくない表情で「卒業生？」と訊かれて、菜乃香はためらいながらもうなずいた。もう少しうまいリアクションがあったような気もするが、教師の方は「そう」と意外にあっさり納得して、表情をやわらげた。

「誰かに用事？　部活の激励《げきれい》かなにかかしら？」

いっきに門扉《もんぴ》が開かれた感じがして、菜乃香は逆に戸惑った。警戒心が足りないんじゃないか、と。

けれどよく考えれば、教師の側は毎年何百人もの生徒を相手にしているのだ。担任をしていたならともかく、そうでなければ顔の分からないまま卒業していく生徒もいるだろう。彼女にとっては菜乃香もそのポジションの生徒に見えたのだ。幸いだった。

「えっと、このまえ落とし物を拾ったんです。三年生で、優海ちゃんっていう名前しか分からないんですけど」

放っておくと罪悪感が勝手に顔に出てきそうで、菜乃香は急いで話を切り出した。

「優海さん？　って、江田《えだ》優海さん？」

「あ、そうかもしれません。呼んでもらうことできませんか」

並べた嘘の大胆《だいたん》さに内心ドキドキしながら、必死で笑顔をキープする。世の中には必要な嘘もあるのだ。そう自分に言い聞かせるしかない。

女性教師は、みるみるうちに表情をくもらせた。そして言いにくそうに声をひそめ、

「彼女、今入院しているんですよ」

「えぇ？　そうなんですかー？」

半ば予想はしていたので、ややオーバーに反応する。続けて、「どうしてですか？　病気？　この前は元気そうだったのに」と、もっともらしく続けると、

「いいえ。怪我《けが》ですよ。ちょっとした事故で……」

「事故？」

こちらは素で訊き返す。凶悪事件を予感していたけど、そうじゃなかったのか。

がぜん興味を持って女性教師を見つめていると、彼女が小石を踏んだようにわずかに表情を硬くしたのに気づいた。さらに「交通事故ですか？」と問い重ねると、彼女は今度ははっきり迷惑そうな顔をして、

「個人情報になりますから、お話しできません」

遮断《しゃだん》するように言いきった。

このご時世だ、彼女の言い分はもっともで、菜乃香も「そうですか」と引き下がるしかない。

しかし、明確な答えは得られなくても、彼女の反応は菜乃香の触覚に何かを訴えた。

（もしかして、校内で何かあった……かな……？）

考えていると、教師はいつの間にか大人の顔を取り戻していた。慈愛《じあい》に満ちた微笑《ほほえ》みで菜乃香の制服をさし、

「あなた、東高生でしょう？　そうならお姉さんに渡してあげてくれませんか」

「え……？」

「確か江田さんのお姉さん、東高の三年生だったと思うから」

「……そう、なんですか……」

菜乃香は、ごくんとつばを飲みこんだ。

丘ノ坂東高校、というのが菜乃香の通う学校の正式名称である。越境組もいるくらい有名な進学校で、地元の中学生でも、ある程度の学力があれば迷わず選ぶ進学先。江田優海の兄弟姉妹が在籍していてもなんら不思議はない。

うちはみんな海の名前なんです――と言った、優海の言葉が思い出された。

犬はマリン。金魚はコンブとワカメ。姉の名前は美しい波と書いて美波。江田美波。

知っている名前だった。クラス名簿で見た名前。

けれど今、菜乃香はこの偶然を幸運とは呼べない。

――だって菜乃香の学校生活は、現在灰色一色だから。

事故に遭《あ》ってこの世に帰ってきて、多くの人は「めでたしめでたし」と言った。けれど当の菜乃香からしてみれば、めでたかったのはちょっとだけ。あとの大半はつらかった。

きついリハビリ。すっかり過保護になった母。ときどき思い通りに動いてくれなくなる脚。そしてなにより苦痛になったのが――学校だ。

「おはよう」

菜乃香が教室に入ってあいさつをすると、

「……おはようございます」

周辺の席からバラバラとよそよそしい返事があった。

誰の声、という確認は、しないようにしている。自分の机だけを見つめてカバンを置き、椅子《いす》を引き、黙々と授業を受ける準備を始める。

近頃の菜乃香の日常だ。

菜乃香はこの春、二度目の受験生生活を始めた。

夏に事故に遭い、二月になるまで入院していたのだから当然の結果で、菜乃香は去年と同じ教室で、去年までは後輩だった人たちと机を並べている。

（あー……やだやだやだやだ……）

古典の教科書を取り出し、筆記用具を神経質に並べる間に、頭の中がその二文字でいっぱいになる。

ここは進学校で、入学当初から文理のコースと志望校のランクでクラス分けがされているため、一年のときからメンバーを変えることなく三年まで持ちあがることが多い。人間関係が完璧《かんぺき》に出来上がっている中で、ひとり、名前を覚えるところから始めなくてはならない菜乃香には、この教室の空気が吸いづらかった。復学早々とある失敗をしてしまったこともあって、「友だち作ろう」という気持ちもすっかり萎《な》えてしまっているのが現状だ。

（――ってもう、どうしてこう後ろ向き……）

そんな自分すらいやになって、菜乃香は机に突っ伏した。

あのボタン屋に行ってライに会ったら、心の重石《おもし》は全部吹っ飛ぶはずだと思っていた。死出《しで》の旅から舞い戻るくらいの力をもらったんだから、つらい毎日もすぐに明るい色にぬりかえられる。事故に遭う前と同じくらい、楽しい毎日が戻ってくる。そう信じていた。

でも、現実はそう甘くなかった。

（夢とか言われたし……）

ふてくされてみたが、八つ当たりだってことは承知の上だ。

ライとあのボタン屋に、見当違いの期待をかけていただけ。分かっていても誰かのせいにしてしまいたくて、でも、そんな自分がなによりいやなのだ。

ため息をついたところで、斜め四つ前の席にカバンが置かれたのが目に入り、菜乃香はさっと緊張した。江田美波。優海の姉だ。

ゆっくりと身体《からだ》を起こし、控えめに彼女のことを見る。

菜乃香の席からいつも横顔だけが見える彼女。ずばぬけて器量がいいとか、クラスの中心とかいうわけではないのだが、菜乃香は新学期が始まってからなんとなく彼女に注目していた。耳たぶの下で潔《いさぎよ》く切りそろえた髪型が大正時代のモダンガールみたいで、おしゃれだな、と思っていたのだ。

（顔はけっこう、優海ちゃんに似てる）

物事をしっかり見据えるような一重《ひとえ》の目は、そっくりだ。対照的に、体つきが大人っぽい妹と比べて美波はうんと華奢《きやしや》で、腕なんて、ちょっとぶつけただけで折れてしまうんじゃないかと心配になる。

性格も、もしかしたらあまり似ていないかもしれない。

優海は初対面でもよくしゃべってくれたが、美波はどうも物静かなタイプのようだった。いつも押坂《おしさか》ルイというボーイッシュな雰囲気《ふんいき》の子と一緒にいて、ルイの方はよく大きな口を開けて笑っているが、美波の方は笑うにしても控えめなのだ。

「――江田さん」

菜乃香が意を決して彼女に声をかけたのは、昼休みになってからだった。

いつもなら午前中の授業が終わった直後に教室を出る菜乃香だが、あちこちでできるお弁当グループの間をぬって、江田美波に近づいた。

かなり驚いた顔をされた。当たり前だ。新学期が始まって二週間。話しかけたのは初めてだ。

「ごめんね、急に声かけて」

「あ……いえ……」

押坂ルイと向き合ってお弁当を広げかけていた彼女は、礼儀《れいぎ》正しく、膝の上に手をそろえた。

「なんですか?」

美波は優海そっくりの声でそう言って、真っ直ぐ菜乃香の目を見てくる。きちんとした子だと思った。菜乃香はいくらか安心して、切り出す。

「妹さんのこと、訊いていいかな……?」

言ったとたんに美波の顔色が変わった。恐れるような表情だった。

「えっと……」

もしかしたら触れてほしくなかったのかもしれない。

思えば身内が大変なときに、こういう質問は不躾《ぶしつけ》だ。直接訊こうとするのは間違いだったかもしれない。

今さらわき出た懸念《けねん》が言葉を迷わせ、やがて頭の中を真っ白にした。

「……興味本位で訊くの、やめてもらえません？」

うつむいた美波に代わって口を開いたのは、一緒にいた押坂ルイだった。ベリーショートの髪に指を差しこむように頬杖《ほおづえ》をついて、ネコみたいな目で菜乃香をにらむ。

「いるんですよね、事件性があるからって面白おかしく話したがる人」

「事件――？」

面白がっているわけではないけれど、つい、そう訊き返してしまう。中学校では事故だと言われたのだ、この矛盾《むじゅん》は聞き逃せなかった。

だが、口に出してしまったのは、完全に失敗だった。美波がくちびるを嚙《か》んだのだ。ルイがはっきりと嫌悪を示し、あたりに漂う嫌な空気を菜乃香が敏感に察したとき、美波が顔を覆う。あっと思ったときには嗚咽《おえつ》が聞こえた。

「空気読んでよ！」

ルイが厳しく言って、美波の肩を抱きしめる。

周囲がざわめくなか、菜乃香は杭《くい》を打たれたようにその場に立ち尽くした。

後悔が波のように押し寄せる。

ボタンがとれて、濡れねずみ――という状況は、おそらく優海に何かが起こった、まさにそのときの状況のままだろう。目にしたか、耳にしたか。どちらにしても妹の状態は姉の美波にも強いショックを与えたに違いない。

そうでなくても、妹が入院している——そしておそらく長く意識が戻らないというだけで、美波の心は不安定になっているはずだ。

どうしてそこまで思いがいたらなかったんだろう。

「ごめんね。……ごめん」

無神経な自分に失望して、菜乃香はどうにかそれだけ言い残し、逃げるように教室を出た。

クラス中から注目されているのを感じた。痛い視線だった。


いっぴん通りの西の端。ブルーと白の日よけがおしゃれなつぼみボタン店は、その日もずいぶん繁盛《はんじょう》していた。平日なのにけっこう人が入っていて、外から見ると、でこぼこ飛び出す頭が河原に生えたつくしの群れのように見える。

奥には、にこやかにお客に応対する見目良い店主。

声までは聞こえないけれど、壜《びん》を手にとり丁寧《ていねい》に商品を説明しているのが分かる。冗談を言ってお客を笑わせているのも。

「ホント、かっこいー……」

感動の薄い声でぽつりとつぶやく。

さわやかで、やさしくて、人当たりがよくて。

昨日はあの人の顔を見ただけで心が強くなった気がした。

明日から何でもやれる、という気持ちが、すみずみまで根を張った気がした。

それが今日はどうだろう。彼を見ているとひどい劣等感に襲われる。

「はあ……」

ため息をついて、菜乃香は踵《きびす》を返した。

本当は、優海に会っておきたかった。お姉さんを傷つけたかも、と、相手が違うのにあやまりたかった。そうしたら少しは罪悪感が薄れるかもしれないと思った。

でも、今日は帰った方がいい。ライと顔を合わせたら、どんどん卑屈《ひくつ》になる。そんな気がした。

歩き出したところで、背後でちりん、とドアベルが鳴った。続けて、

「菜乃香？」

と、疑問符まじりに声をかけられ、足がすくむ。

おそるおそる振り返ると、ライがガラス戸を押し開けていた。見つかっていたようだ。

目が合うと、なぜだろうか、彼はホッとしたような表情になる。

「ここまで来たならよってけばいいのに」

店内にひと声かけて通りに出てきたライが、長い前髪を払いつつ笑う。「えーと」と、菜乃香は少し視線を泳がせた。

「混んでるみたいだったから」

「ああ……うん、まあそうだけど。でもこんな、幻みたいにいなくなられたら、本当に夢かと思っちゃうだろ」

――夢。

とても前向きな響きを持つ単語が、また菜乃香の胸に刺さった。とっさに浮かべた愛想笑いは完全に失敗していて、適当に応じようとした口からは意図せず本音がこぼれ落ちる。

「……夢だったら、よかった、かも……」

――ああ、ダメだ。今日思いっきりネガティブ。

口にするなり後悔して、菜乃香は「ごめんなさい、帰ります」と、急いで回れ右をした。

今日はなにをやってもダメな日だったのだ。

こういう日は時が過ぎ去るのを待つしかない。

明日に期待しながら、夜明けをじっと待つしかないのだ。

――と、菜乃香が今日一日をあきらめかけたとき、肩にかけていたスクールバッグがぐいと引かれた。振り返ると、ライが困ったように眉根《まゆね》を寄せて、バッグを摑《つか》んでいた。

「あのね、菜乃香。さすがにこのまま『またね』とは俺言えない」

「……へ？」

一瞬意味をはかりかねた隙《すき》に、バッグの肩紐を腕からするりと抜かれた。「え？　え？」と、マジックみたいなその手腕に目を白黒させているうち、ライはバッグをさらったまま道向かいの店に入っていく。ガラスサッシの戸を引くとガタガタと大きな音がする、古い店だ。

「ちょっと、ライさん――」

困惑しながらも、ウサギを追いかけるアリスのように「えい」と店に飛びこむと、中は、お醬油《しょうゆ》を焦がしたようなにおいに満ちていた。

「いらっしゃいませ。――ああ、ボタン屋さん」

コンクリートむき出しの床に、ほんのりくもったショーケース。その中に並んだいくつかの袋と、手書きの値札。

昔ながらの商店、という風情《ふぜい》の店の奥から、白い髪をひっつめた小柄なおばあさんが出てきた。白い割烹着《かっぽうぎ》ともんぺ姿なのに、なぜか上品な印象のするおばあさんだ。

ライはその人の姿を見るなり入り口右手にある竹組みの椅子《いす》にバッグを下ろし、

「ハマさん、この子しばらく預かってくれませんか」

と、菜乃香の背中を押した。唐突《とうとつ》すぎて菜乃香は「え？」と目をしばたたかせたが、おばあさんは、まさかあらかじめ打診《だしん》されていたわけではないだろうに、ゆったりとうなずいた。

「ええ、どうぞ。おかけになって」

「ありがとうございます、お願いします。――というわけで、あとで迎えに来るから」

おばあさんから一転、菜乃香に目を向けたライは、「じゃあ」とやたらさわやかに笑い、足早に自分の店に戻って行った。

残された菜乃香は、茫然《ぼうぜん》とするばかりだ。

「……じゃあって……意味分かんないですけど……」

古びたガラスサッシと通り、さらにぬいぐるみのカップルがいちゃついているボタン屋の出窓を挟んで、仕事に戻ったライを見る。

もうお客を笑わせている彼が、なんだか少し腹立たしくて、でもそのうち心細くなって、菜乃香はそわそわと辺りを見回した。

昭和っぽい古い店内。コンビニやファミレスみたいにピカピカした清潔感もないし、まぶしくもない。古民家カフェみたいなお洒落《しゃれ》感もない。五円玉を繋《つな》いだ打ち出の小づちみたいな置物は、何のためにあるんだろう。くすんだポスターの男の人、誰？

あまり居慣れない場所だけにどうしていいか分からずにいると、

「どうぞ、おすわりになって。よかったら召し上がってくださいな」

おばあさん――ハマさんが、つるんとした木の皿を竹の長椅子に置いた。

皿の上には、おかきが山を作っている。ごつごつとして、いかにも食べごたえのありそうなおかきだ。

「おかき屋さん、なんですか？」

「ええ。これは少し形の悪いもので、試食やおまけとしてお配りするものなんですよ。召し上がって」

「あ、ありがとうございます……」

礼を言ったものの、菜乃香は知らない人から出されたものに迷いなく手を伸ばせるほど無邪気なたちではなかった。かといって好意をむげにもできない性分で、じゅうぶん遠慮《えんりょ》した後でやっと椅子に腰を下ろし、おかきをひとつ、口に入れる。

しっかりとした歯ごたえのあるおかきだった。力いっぱい嚙《か》みしめると、口の中にお醤油の味とお米の風味が広がる。

「おいしい……」

思わずそうもらすと、ハマさんは返事をする代わりに、丁寧《ていねい》に会釈《えしやく》を返した。どうやら口数の多い人ではないようだ。「どうぞ」とお茶を差し出され、お礼を言ったら、それきり会話がなくなった。微笑《ほほえ》みは絶えないから迷惑ではないようだけれど、妙に居心地が悪い。

いつもの菜乃香ならもう少し世間話ができたかもしれない。けれど今日はそんな気分ではなくて、間を持たせるようにひとつ、またひとつとおかきを食べていく。夕暮れに、初対面のおばあさんに見守られながらもくもくとお茶とおかきをいただくというのは、冷静に考えるとかなり奇妙な出来事だったが、おかきを食べているうちに自分がこの時間になじんでいくのが分かった。バリバリとした食感が、心地よかったせいかもしれない。嫌なものを全部噛み砕《くだ》いてしまえるようで。

「は――……」

ぬるくなり始めたお茶を飲み、腰が抜けそうなほど長いため息をついたころ、ライが急ぎ足で戻ってきた。

「すみません、ハマさん。お邪魔しました」

サッシを開けるなり頭を下げるライに、ハマさんは「いいえー」と、気にする様子もなく微笑んで、彼のために場所を空ける。

「ボタン屋さんも、どうぞ召し上がって。お茶をいれましょうか」

「いえ、おかまいなく」

そう、ライが固辞《こじ》したにもかかわらず、ハマさんは腰をあげて奥に引っこんでしまった。

ここで二人きりで取り残されると、正直少し気まずい。

菜乃香はローファーの足をぶらつかせ、前髪の下からライを見た。

「ライさん、お店は？」

「ちょうどいいとこが来たから店番頼んだ」

たまに頼んでるんだ、と言いながら、ライも竹の椅子に腰を下ろす。背が高いことは知っていたが、投げ出された脚の長さに改めて驚く。身長いくつあるんだろう。

「で、菜乃香さん？」

どうでもいいことを考えているところで急に笑顔を向けられて、菜乃香は思わず背筋を伸ばした。なんで「さん」づけなんだろう——と、またどうでもいいことに引っかかっているうち、

「さっきどうして逃げたのかな？」

まぶしいくらいの笑顔で問われ、菜乃香はどきりとしてよそを向いた。

「混んでたから、邪魔かなーって思って……」

「そのわりにはしばらく店の前ウロウロしてたろ」

（バレてた……）

恥ずかしくて、髪をかきつつ下を向く。

おかきを食べてなんだか気がまぎれてしまったが、だからこそさっきまで自分が底の底まで落ちてたことがよく分かる。ついでに、さっきのはちょっと子どもっぽかったかも、ということも。

素早く反省して、菜乃香は今度はきちんと答えた。

「優海ちゃんのことで分かったことがあって。優海ちゃん、入院しているみたいです」

ライが、ひと回り大きく目を開いた。

「すごいな。聞きこみしたんだ？」

「はい。でも事故だって言われたり、事件性があるとか言われたり。よく分からないんです。それで、優海ちゃんのお姉さんが東高の……しかも同じクラスにいるってことが分かったんですけど……」

「へえ！　じゃあ有力な手掛かりが――ありそうな顔じゃないな」

見透かされて、菜乃香はとけた雪だるまみたいな情けない顔で、「はい……」とうなずいた。

「事情を訊こうとして、その子、泣かせちゃったんです。考えれば分かることですよね。繊細な問題なのに、あたし土足で踏みこもうとして」

焦ったんだ、と、今なら分かる。優海を帰してあげたくて、彼女の憂《うれ》いを払いたくて、レールの上に見つけた石をあわてて蹴《け》飛《と》ばすみたいなことをした。その石が誰かに当たるとか、考えもせずに。

「別に悪気があったわけじゃないし、あやまれば分かってくれるんじゃない？　それとも、あんまり仲いい子じゃなかった？」

「……仲がいいとか悪いとかいう以前の問題と言うか……」

もごもごと語尾を濁《にご》したまま黙りこんでしまうと、ライは少しの間続きを待つ様子を見せたあと、待ちきれなくなったのか、おかきをつまんだ。

菜乃香もつられておかきを食べた。

バリバリと気持ちのいい音が、二人分響き渡る。

「……ん？　そう言えば菜乃香、去年高三って言ってなかったっけ？」

う、と、一瞬固まったあとでぎこちなくうなずくと、数拍の間微妙な沈黙が降った。

「……そっか、夏に入院して三月復帰じゃ、出席日数足りないよな」

あえて遠回しに確認してくるやさしさに、菜乃香は「……はい……」と情けない気持ちで返事をする。別に悪いことでも、隠すことでもないのに、素直にこうと説明できない自分が恨めしい。

ライは、そういうところまで全部分かったかのように、しみじみとうなずいた。

「新学期始まって一週間？　二週間？　それじゃ、まだ全然分かんないよな。その子のことも、クラスメイトのことも」

「はい……アウェイ感ものすごいですし……」

たぶん、去年までのクラスメイトたちの中でならもっとうまく話を訊けていたはずだ。慣れた空気の中で、無理をすることなく。

「……もう学校行きたくない……」

無意識のうちに本音がもれる。

放っておくと弱い気持ちが洪水を起こしそうで、とっさに、菜乃香はおかきを食べた。

消えろ意気地《いくじ》なし。去れ臆病風。そんなふうに念じながら、バリバリとおかきを食べる。

バリバリと。一個じゃ足りなくてもうひとつ、それでも足りなくてもうひとつ、もうひとつ――と、いくつ目かに指を伸ばしたところで、なぜか、ライが不思議そうに菜乃香を見下ろしているのに気がついた。

「なんですか？」

「あ、いや、菜乃香って人見知りするタイプじゃないだろ？　俺とも優海ちゃんとも最初からふつうに話してたし。そうやって暗い顔してるのが意外だった」

そろりと手を引っこめる。あーあたしホントかっこ悪い――そう思いつつも、おかきのおかげか、そんな自分を誤魔化《ごまか》す気持ちは起こらず、「あは」と苦笑いする。

「……今回は、最初で完全に失敗しちゃったんです」

「失敗？」

これ以上恥《はじ》をかきたくなくて、菜乃香は黙った。けれど、「ん？」と首をかしげるように促すライは、そのまま逃がしてくれるふうではなかった。

「……新年度一発目の実力テストで、ぶっちぎりで一番取っちゃったんです、あたし」

膝の上で手をもみながら、菜乃香は告白した。

「すごいじゃん。なんでそんな小さくなるの」

ライはきょとんとしていたが、菜乃香の顔は熱くなる。

「だって当たり前なんです。去年から勉強してるんだもん、できるに決まってる。あたし、それ忘れて全力で試験受けちゃって——結果出てからそれに気づいて、もう、すっごく恥ずかしくなって。——あーもう、あたし、ばかだ。ホントに、もう」

思い出すだけでいたたまれない気持ちになる。

ホームルームで担任の先生に成績を披露されたあと、教室にはただならぬ空気が流れた。進学校だけに品行方正《ひんこうほうせい》な生徒ばかりで、露骨な嫌味を言われることも、いじめみたいなこともなかったけれど、ただでさえ事故で留年、というショッキングな事態に見舞われ、気をつかわれていた菜乃香は、クラスでいよいよ浮いた存在になってしまった。最初に「やめて」とお願いするつもりだったのに、今や誰もが敬語を使っている。

菜乃香は完全に間違えたのだ。

そして、間違いを正す方法を、未だに見つけられていない。

「はあ……」

髪をかき乱しながらため息をつくと、ふと、横でかすかに空気が動いた気配がした。

「……ライさん、今笑ったでしょ」

じろりとにらむと、図星だったらしい、ライが「ごめんごめん」と眉尻《まゆじり》を下げた。

「かわいいなあと思って」

「へっ」

失敗したしゃっくりみたいな声が出る。かわいいってなに。いきなりなに。

動揺《どうよう》すると同時に勝手に体温があがりはじめ、とっさによそを向くと、今度は分かりやすく、くすくす笑われる。

「すごく高校生らしい悩みだよな」

大人ぶったセリフにプライドを刺激され、菜乃香は「もー！」と抗議した。

「笑わないでよ、あたしにとっては深刻な問題なんだからっ」

「そう？」

「そうに決まってるじゃないですか！　学校じゃ基本ひとりで、休み時間は宿題片づけるのについやして、昼休みはミシン使うために被服室に直行して、なんかひとりでも大丈夫的な空気でがんばってますけど！　本当は友だちと恋バナとかしたいですし、お弁当のおかず交換したり、おやつ分け合いっこしたり、したいんです！」

「――ごめん、なんかさらに傷口えぐった」

「……いえ、自分で墓穴《ぼけつ》掘っただけです……」

目線が斜め下に落ちていく。やけになって、うっかりひとりぼっちの悲しい学校生活を全部暴露してしまった。最低だ。

「……別に俺は悪くないと思うけど」

叱《しか》られて耳を下げた犬みたいにしょんぼりしていると、ライが口笛を吹くような軽やかさで言った。

「どこがですか」

「だって実力テストって自分の力をはかるためのテストだろ？　全力でやって悪いわけがない。むしろ変に気を回して手を抜く方がおかしいっていうか、こざかしい感じがしない？　俺はそういうの好きじゃないけど」

「……そう言われるとちょっと罪悪感薄れますけど……みんなそう考えるとは限らないです」

「ネガティブだなー」

「茶化さないでください」

菜乃香はふくれる。

現に毎日が苦痛なのだ。それこそ夢だったらいいのに、と思うくらい。

またマイナス思考の底なし沼に引きずられそうになって、菜乃香はおかきを食べた。バリバリと。これ、ゲームに登場する回復アイテムみたいだ。すぐに気持ちが元通りになる。常備した方がいいかもしれない。

「……構成してるものは同じなのに見る角度で違って見える、だっけ?」

ふいにライがつぶやいて、菜乃香はぴくりと反応した。

目だけを動かしライを見る。

くっきりとした輪郭《りんかく》の、彼の目。真っ直ぐ菜乃香を見下ろしていた。

「スターマーク」

意味ありげにつぶやいたそれは、かつて菜乃香が見失っていた「忘れもの」だ。涙腺《るいせん》を直接刺激してくる大事なもの。知っているくせに、ライは続ける。

「今の状況まさにそうだよな。誰がどう感じたとしても、菜乃香ががんばって勉強してたって事実は一緒だ。違う?」

眉を持ち上げるようにして問われ、菜乃香は渋面《じゅうめん》になった。泣きそうだったから変な顔になった。我慢できなくて、ぷいと顔を背けて抗議する。

「それ持ち出すのずるいですっ」

「あ――うん。確かにずるいな。ごめん。泣かないで。俺、ハンカチとか気の利《き》いたもの持ってないから」

「無理!」

にわかに慌てるライに拒絶の言葉を突き返し、菜乃香は声を殺してぼろぼろ泣いた。

だって、あんなに奇跡的な出来事を経て日常生活に戻ってきたのに、ちっともうまくいかないのだ。

　でも、我慢して耐える以外の道もない。

　いーくんも、話を聞いてくれる友だちさえも、いなくなってしまった。

　どうしていいか分からなかった。——ずっと。

「……ごめんな、菜乃香」

　店の前を、岡持《おかも》ちを載せた自転車が駆け抜けて、小学生がにぎやかに横切って、遠くで車のクラクションが鳴って。

　菜乃香がひとしきりすすり泣きして、あらかた涙が出尽くしたころ、ライがぽつりとつぶやいた。

　指先まで伸ばしたカーディガンの袖《そで》で顔を隠しながら見上げると、ライは思った以上に真摯《しんし》な目で菜乃香のことを見下ろしていた。ゆっくりと、息が継がれる。

「俺、菜乃香が帰ってきたこと、都合のいい夢かもとか言ったろ。失礼なこと言った。俺が見てなかったたってだけで、菜乃香はここまでリハビリがんばってきて、今日もがんばって学校行ったのにな」

「……正直、ちょっと傷つきましたけど……」

「だよな。ごめん」

　二度目の謝罪でライの声が本格的に沈み始めたような気がして、菜乃香は急いで「大丈夫です！」と声を張った。「あたし、分かりましたから！」と。

「分かった、って？」

「ライさんが夢かもって思う感覚。だって、ライさんにとっては見送った人が帰ってこないことが当たり前だったんですもんね。だから、夢だと思っても仕方ないんです。――それが分かっててネガティブなこと言ったのは、あたしがネガティブだったからです、ごめんなさい」

はじめは焦りで、途中からは自分の稚拙《ちせつ》さが恥ずかしくて早口になった。

誤魔化《ごまか》すようにバリバリとおかきを食べる。反応がなくて、でも顔を見る勇気もなくて、内心びくびくしながら膝こぞうを見つめ、もうひとつおかきを口に入れる。バリバリ、ごくん。焦ったせいでちょっとのどに引っかかりそうだ。お茶を飲む。最後のひと口。ふつうの緑茶なのに最後の一滴までおいしかった。

よし、落ち着いた。

そう思って気を抜いたとき、二度目の不意打ちが菜乃香を襲った。

「こんないい子がなんで学校でうまくやれないって思うんだろうね？」

額のあたりでライの手のひらが跳ねている。

思わずライの顔を見た。おかしそうに笑われると一瞬にして頭の中がパンクして、

「な、なんでででしょう？」

なぜか質問で返してしまった。

変な答えにますますわけが分からなくなって、頭の中まで熱くなってくる。さっと顔なんてすみからすみまで赤くなっているのだ。また笑われた。一生懸命走りまわる仔犬を見るみたいに、ものすごくやさしく笑われた。

「もー、笑わないでください……！」

「ごめんごめん」

全然反省するふうでもなく言って、「でもね」とライは声色を変えた。

「いいことばっかりじゃないかもしれないけど、俺は菜乃香が帰ってきてくれてやっぱりうれしいよ」

おかえり――の一言と同時に、もう一度頭上でバウンドした手がゆっくりと離れていった。

ライが奥に向かってハマさんを呼ぶ。ぺこぺこと頭を下げ合う二人が残ったおかきをめぐって問答するのを、菜乃香は遠いところの出来事のように眺めていた。

生きててよかった、と思った。

今までだって何度も思ったけれど、今日、この瞬間は、身体《からだ》のすみずみまで水が行き渡るように実感する。

生きててよかった。

「菜乃香、あげるって。持って帰りなよ」

振り返ったライに黄色い紙袋を差し出され、我に返る。いちおう遠慮《えんりょ》したけど結局押しつけられて、ライと、もちろんハマさんにもお礼を言って二人そろって店を出ると、「よかったね」とライが目じりを下げた。「くせになるんだよ、ここのおかき」と。

うなずき、ほんのりとお醤油のにおいがする袋を胸に抱きしめながら、この人は本当に魔法使いかもしれない、と、ライの背中を見上げて思った。彼と交わしたほんの短いやりとりで、掃《は》き捨てようとしていた今日があっという間に特別な一日に変わっている。

通りの真ん中で、ライが一度立ち止まった。

「じゃあ、俺は店に戻るね。よっていく？」

誘われたが、ぷるぷると首を振った。代わりに、宣言する。

「ライさん、あたし明日もう一回江田さんと話してみる」

ちょっと驚いた顔をされた。けれど、菜乃香が少しも視線を揺らがせないことを認めると、彼は「うん、がんばれ」と、励《はげ》ましてくれた。

ありふれた言葉なのに、なぜか一段と心が強くなった気がした。


「江田さん。ちょっと、お話ししてもいいかな」

翌日である。

菜乃香は、ありったけの勇気をかきあつめてもう一度江田美波に声をかけた。

昼休みの教室はそれなりにざわついていたが、昨日の件があったせいか誰もが注目していて、特に、ルイは露骨に嫌な顔をしていたが、当の美波はしっかりと菜乃香の目を見、神妙にうなずいた。

「わたしも話してみたいと思ってました。場所、変えませんか」

お互い昼食もすんでなかったから、お弁当持参で被服室に移った。心配だったのか「あたしもいい？　黙ってるから」とルイが同行を申し出、菜乃香も美波も了承した。

「昨日はごめんね。嫌な思いさせるつもりはなかったんだ」

六人掛けの、作業台でありテーブルでもあるところで、菜乃香たちはそれぞれ席に着いた。菜乃香の向かいに生真面目《きまじめ》な表情の美波、そのとなりに仏頂面《ぶっちょうづら》のルイである。

「こちらこそ、困らせてすみません。急に泣いたりして」

美波が、軽く頭を下げる。まさかあやまられるとは思わなくて驚いたが、昨日の出来事を引きずっていない、というだけで菜乃香にとっては救いだった。

「昨日訊いたのはね、面白がって、とかじゃないんだ。説明するのは難しいんだけど」

「興味本位じゃないのは分かります。あれから皆月《みなづき》さんがすごく気にしてたの、分かりましたから」

あまり考えすぎないでくださいね、と、美波が気づかわしげに微笑《ほほえ》んだ。

彼女は大人だ。ちゃんと話せば、分かってくれそう。

安心したものの、不思議なボタン屋があって――なんて話はしらけるだけだろうし、あの世に行きそうな人が立ち寄って――なんて聞かされたら気分が悪いだろう。

菜乃香はちょっとだけ嘘を混ぜることにした。

「あたしの知ってる人が、優海ちゃんのことも知ってて、すごく心配してるんだ。どうして入院しなきゃいけなかったのか、知りたがってて」

ちょっと苦しい言い訳だったかもしれないが、美波はただただうなずいてくれた。

「ゆうは、学校で階段から落ちたんです」

「階段？」

「はい。屋上につながってる、外階段です。落ちたところを同じクラスの男の子が見ていたらしくて、すぐに先生に知らせてくれて、救急車で運ばれました」

やっぱり事故だったのか。菜乃香は少しだけ気をゆるめ、さらに訊いた。

「状態は？　どう？　怪我《けが》とか」

「ありました。でもそれほど重症ではないって先生がおっしゃったから、安心してたんですが……二週間たっても全然目を覚ましてくれなくて……」

美波が重いため息をつく。

二週間。何もできずに待つには長い時間だと思う。

階段か――と、菜乃香は改めて、今の学校や、自分が通った中学校のことを思い浮かべてみた。

落ちれば確かに命の危機に関わるほどの怪我を負いかねないけれど、それでどうして濡れるのか、どうしてボタンが飛んでしまうのか。合理的な理由が想像できない。事件性があると噂《うわさ》になっているのは、誰もその疑問を拭《ぬぐ》えないからじゃないだろうか。

そのあたりを知りたくて、でもうまく聞きだす術《すべ》が思い浮かばずにもんもんとしていると、

「おかしいんですよね」

美波が切り出した。彼女の身体に、ひどく力が入っているのが見て取れる。

「おかしいって?」

「わたしも卒業生だから分かります。ゆうが落ちた階段、普段は誰も使わないんです。しかもあの日は大雨だったのに……妹は屋根もないあの階段から落ちたって」

菜乃香もさすがに眉をひそめた。

優海が濡れていた理由は分かった。濡れた階段で足をすべらせたのかも、とも思う。だが、雨の日に屋根のない階段を使うのは、あまりに不自然だ。本当に事故なのだろうか、と、疑いたくなってしまう。

「見てたの、その男の子ひとりなの？」

「はい……。水原《みずはら》くんっていうんですが、彼、その事故の日以来学校を休んでいるらしいんです。衝撃的なところを見てしまってショックを受けているみたいで」

交通事故でも、目撃者が精神的に強いストレスを感じて体調をくずすことがあると聞いたことがある。それと似たようなことだろう。

「でも……」

言いにくそうに、美波が声を潜めた。

「それが嘘なんじゃないかって噂があるんです」

「嘘……？」

「本当は彼が突き落としたんじゃないかって。……妹のブラウス、ボタンが飛んでたから……そんなふうに言う人もいるみたいです」

ああ、だから教師も口が重くなったのだ。ただの事故じゃないかもしれないから。

菜乃香は少し考えて、慎重に言葉を選んだ。

「……突き落とすような人なのかな、その、水原くんって」

「いえ。わたしも知ってますけど、生徒会に入っているような真面目な子です。ゆう、その子に片想いしてて。バレンタインの前に、一緒にチョコレート作ったんです」

「手作り」

だとすると、本命だ。

ここにきてよけい分からなくなってきた。

階段から落ちて、でも事件かもしれなくて、目撃していた片想いの相手は学校を休んでいる――。

そしてこの件について、優海には思い出したくない何かがある。

その「何か」は確実に彼女の足を引っ張っているはずだ。

解消してあげなきゃ彼女は帰れない気がする。

(優海ちゃん、話してくれるかな……)

とりあえず、水に沈められている可能性はなくなったから、少しは訊きやすいかもしれない。

今日の帰り、ボタン屋に寄ってみなくては。

そう、菜乃香がひそかに決めたとき、美波が顔をおおって嘆息《たんそく》した。

「本当は、真相なんてどうでもいいんです……。ゆうが目を覚ましてくれるなら、なんでも……」

「大丈夫だよ、美波！　お守りがついてる！」

それまで沈黙を守っていたルイが、耐えきれなくなったように美波の肩を抱きしめた。

洋風の、ラッキーチャームのようなものを握りしめている。

うん、ありがとう、と美波が気丈にうなずく。けれどその声は震えていたし、その目は真っ赤だ。本当は、学校どころではないんじゃないだろうか。

ぎゅうっと、胸が締めつけられた。

死んじゃうかもしれないって、こういうことなんだ。

そう思ったら、涙がにじんできた。

粒になって落ちるまで、さほど時間はかからなかった。

「え、なに⁉」

「皆月さん？」

急変に気づいたルイが驚き、美波がおろおろし、菜乃香は慌てて目元を押さえた。

「あ、ご、ごめんね。あたし、自分が死にかけた身だから。家族がこんな思いしてたのかな、とか、ちょっと、考えちゃって」

あはは、と、菜乃香は無理やり口角を上げた。

家族にはずいぶん心配かけたな――と、後悔したり、反省したりしたことはあったけれど、全然足りなかったんだと分かる。家族の気持ちが分かってたら、嘘でも言えない。

「夢だったらよかったのに」なんて。

菜乃香は、鼻をすすりながらせいいっぱい茶化した。

「もー、ごめんね。最近涙もろくって」

「……皆月さんって、強い人なのかと思ってた」

　ごしごし目元を拭《ぬぐ》っていると、ルイが興味深げに菜乃香を見てきた。「強い？」と訊き返すと、彼女は短い髪の毛先が躍るくらい強くうなずいて、

「だってぼっち恐れてないもん」

　たちまち美波が、「ちょっと言い方……」と頭を抱えたが、ルイは気にした様子もなかった。

「ホントのことじゃん。わけありでダブってさ、クラスは知らないメンバーで、絶対居づらいのに、そういうの見せないじゃん」

　あけすけに、言う。

　菜乃香は彼女があんまりはっきり言うから、笑ってしまった。

「強いんじゃないよ。がんばって平気な顔してただけ」

　気負う間もなく本音がするりとすべり落ちる。情けないことなのに、今、平気で話せてしまう。

「正直、学校しんどいよ。さみしいし、不安だし、どうしていいか分かんない」

　美波がゆるゆる肩を下げ、短い髪を耳にかけた。

「……そういうこと、言えるのが強いと思います」

　心底感心したように言うから、菜乃香はゆっくりと首を振る。

「言えたのは今日が初めてだよ」

自信がついたのはほんの昨日。ライが「おかえり」と言ってくれたからだ。


「菜乃香さん」

その日裏の店に足を運ぶと、優海はこの前怒らせてしまったことなんか忘れたみたいに、うれしそうに近づいてきた。

いつの間にか濡れた身体《からだ》は乾いていて、表情もずっと明るくなっている。よかった、と、思う反面、気もゆるんでいるのかボタンの取れたブラウスの前が全開で、スポーツブラが見えてしまっているのがいただけなかった。

中学生にしてはかなり豊かな胸である。

目のやり場に困って「優海ちゃん、前、前！」と、注意すると、優海はひゃあっと悲鳴をあげ、急いで襟《えり》をかき合わせた。どれだけ力を入れて握りしめているのか、ブラウスが中心に向かってピンと張り詰める。引っ張りすぎて今度は裾《すそ》が上がっておなかが見えているが——まあ上が見えちゃうよりはマシかもしれない。

「すみません……」

うつむく優海は、青ざめていた。別に女同士だ、正直そこまで気にすることはないと思ったが、彼女の表情は、なぜか取り返しのつかないことをしたかのようにどんどん深刻なものに変わっていく。

「あ、ねえ！」

流れを止めるべく、菜乃香は声をあげた。「座ろ、座ろ」と、カウンターを出て優海の背中を押して、半ば強引にスツールに座らせる。本題に入る前から重い空気になったらおしまいだ。

「あたし、優海ちゃんのお姉さんと話したよ」

「え……お姉ちゃんと？」

にこにこしながら報告すると、思いがけなかったのか、優海の暗い表情が消えた。

「そう。同じクラスなんだ。大人っぽいよね。髪型すごくかわいいし」

「はい！　あの髪型、こだわりなんですよ。わたしも似合ってると思います」

よく似てるって言われて――とか、コンブとワカメの命名は姉で――とか、優海は相変わらずひとりでよくしゃべった。やっぱり性格は違うんだな、と思いつつも、話をする雰《ふん》囲《い》気《き》はバッチリできて、菜乃香は話を聞きながら慎重にタイミングを計った。

「菜乃香さん、お姉ちゃんと仲いいんですか？」

優海がそうたずねてきて、「ここだ」と菜乃香は思った。一度呼吸を意識して、

「おとといはじめてしゃべったよ。優海ちゃんのことも話した。すごく、心配してる」

つとめてふつうに聞こえるように、菜乃香は伝えた。

だが、さすがに優海の表情は激変する。想定はしていたが、夏の夕方みたいなくもりっぷりだった。でも、ここで引くわけにはいかない。

「ねえ、優海ちゃん。自分に何があったか思い出してるよね？　今がなんか変だっていうのも、うすうす感じてるよね？」

菜乃香は、優海の目を見て訴えた。

少し迷って、おそるおそるうなずく彼女。不安そうだった。

「大丈夫だよ」

菜乃香は明るく断言する。

「その感覚、あたしも知ってる。助けになれる。だから、話してみてよ、何があったか。話すだけでも道が見えるよ」

自分もそうだった。

ボタンはあくまできっかけで、ライに話を聞いてもらい、自分の気持ちを整理したから、正しい扉を開けることができた。

同じことをしてあげたいと思った。彼女のためにも、彼女を待っている人のためにも。お客を送り出すことを役目にしている、店主のためにも。

優海は、しばらく黙っていた。ときどきくちびるの合わせ目を波打たせながら、しかし沈黙していた。

その間菜乃香は根気強く待った。よそ見もせずに待っていた。

そうしたら、優海は自信なさげに眉《まゆ》を下げ、

「……わたし、あの日部活の朝練があったんです」

カウンターテーブルに目を落としながら、ぽつりぽつりと話し始めた。

「その日は寝坊して、雨で自転車も使えなくて、時間ぎりぎりで焦っちゃって……制服をバッグにつっこんで、ジャージで学校に行ったんです」

「……ジャージ?」

うなだれたように、彼女はうなずいた。

服装が全然違うけど、と思うが、ひとまず黙って耳を傾ける。

「朝練が終わるまでは、いつも通りでした。終わって制服に着替えようとして、気づいたんです。制服、間違って持ってきてたって」

「間違えた?　って、誰のと?」

「お姉ちゃんのです。わたし、お姉ちゃんが中学時代に着てたブラウス、間違えて持ってきちゃったんです。お姉ちゃん、細身だからわたしにはパツパツで、でも他にないから仕方なくそれ着てて」

説明されると、自然と彼女のブラウスに目がいった。

襟をめいっぱい摑《つか》むと裾が持ち上がる、余裕のなさ。なるほどサイズが合わないことは合点《がてん》がいったが、それでボタンがないということは――。

「……まさか、それでボタン飛んじゃった、とか？　その、胸で……圧迫されて？」

いやいやそんな漫画みたいなこと――と内心自分で自分をばかにしながら問いかけたが、彼女は「はい……」と柳の枝のように下を向き、両手で顔を覆い隠した。

「しかもそれ、クラスの男子に見られて……」

「……それ……もしかして水原くん？」

たずねた瞬間、優海はわあっと声をあげて泣きだした。

「わたし、もう、死ぬほど恥ずかしくて。水原くん、めっちゃ引いてたし。わけが分からなくなって、雨が降ってるのに外階段に出て、教室、真逆なのに上に行って、それで――足、すべらせて……！」

優海は、すべてから逃げ出すみたいにカウンターの上に突っ伏した。表情はうかがえないが、耳が真っ赤だ。顔の方も、推して知るべし。

菜乃香の肩から、ゆるゆると力が抜けた。当初想像したシナリオが最悪のものだったから、驚きつつも正直拍子抜けしていた。

優海の話を総合すると、つまり、好きな人の前でボタンが飛んでしまって、恥ずかしさのあまり雨の外階段を駆け上って逃げている途中で足をすべらせてしまった、ということだ。不幸な事故は不幸な事故だが――思わずにはいられない。ドジだなあ、と。

「もう消えちゃいたい……」

伏せた顔の下からそんなセリフが聞こえてきて、菜乃香はぎゅっと眉をせた。

確かに、下着を見られるのも、動揺《どうよう》のあまり意味不明な行動をして階段から落ちるのも、それらを好きな人に見られるのも、ありえないほど恥ずかしいけれど。

（――そんなことで死んじゃうなんて馬鹿らしい）

奮《ふる》い立った菜乃香は、あらかじめ持参しておいたパーカーを優海に羽織《はお》らせ、おもてに続くドアを開けた。

「ライさん、ボタン探して！　ブラウスのボタン！」

「はいはい」

待ち構えていたライが「ちょっと失礼するね」と断り引き出しの前に立った。

これまでさんざん避けていた「男性」の出現に優海がぎょっとして後ずさるが、ここで逃げ出したら元も子もない。菜乃香は彼女の隣に立ち、腕と腕を絡めて、

「大丈夫だよ、優海ちゃん。イケメンさんだよ。超やさしいんだよ」

「だからね、菜乃香。俺それどこまで本気にすれば――」

「全部していいですー！　だからボタン！　早くー！」

「はいはい」

苦笑したライが、早速引き出しのつまみに指をかけた。最初からそこにあると確信したような、迷いのないその手つき。これはかなりマニアックな感覚だろうけど——きゅんとする。久しぶりに見たからなおさらだ。

しかし、そんなときめきも十秒と待たずに去って行った。ライが抜いた引き出しには、ブラウスやシャツによくついているような白っぽいボタンが、限界いっぱいまで詰まっていたのだ。

「似たのばっかり……！」

「まあ、一番使われてるタイプだからね。こういうシャツ系のボタンって」

確かにライの言うとおりだが、引き出しをひっくり返してフェルトの皿に作られたボタンの山は、頭で分かっている以上にどれも同じに見える。

「この中から探すんですか……見分けつかないですけど」

「一応調べてはみたよ。丘ノ坂西中学校の制服。シャツもそうだけど、ボタンもちょっと黄みがかってるんだよね？」

ライが微笑《ほほえ》みかけると、やっとまともに彼の顔を見た優海は、どぎまぎしながらもうなずいた。

「探してみるよ」

「あたしもやります！」

名乗りを上げて、カウンターを挟んでライと二人、ボタンをあさり始める。量が量だけにフェルト皿だけでは足りず、カウンターいっぱいに広げての作業だ。

ひと言で白いボタンと言っても千差万別。真っ白のものや、青みがかったもの、「シャツボタンは十ミリが多いよ」とライが言うから、大きすぎるものや小さすぎるものもよけていく。

「あの……なに、してるんですか……？」

熱中しているうち、優海が不安げに身を寄せてきた。菜乃香は手を止めないまま、

「優海ちゃんがなくしたボタン、探してるんだよ。前に言ったでしょ、ここはなくしたボタンを探す店だって」

「はあ……でも、ボタン見つけて、何になるんですか？」

「帰るの」

「帰る？」

「そう。お姉さんとか、お父さんお母さんが待ってるところに帰るの。――あたしは、そうやって帰ってきた」

「え……」

目をみはる優海に、菜乃香は手を止めないままあの夏の出来事を話して聞かせた。

事故のこと。この店に来たこと。ライにしてもらったこと。そして、今ここにこうして

帰ってきていること。

「菜乃香さんも、わたしと一緒なんですか」

「そう。だから、経験者として教えてあげる。あたしね、長く入院してたから、留年したんだ。うちは進学校だからみんな順調に大学とか行って、友だちみんないなくなっちゃった。だからね、今、ものすっごくさびしいよ」

自分で放った言葉が、自分の胸にじわじわ刺さる。

菜乃香の場合、早く病院を出たくて必死でリハビリして、やっと退院できたのが卒業式の前日だった。間に合ってよかった、と、クラスメイトたちはよろこんで、記念写真をたくさん撮って、寄せ書きもして、卒業後にどこにいるかを確認し合った。

けれど、菜乃香は卒業式で在校生席に座っていた。最後の校歌斉唱で涙が出たが、たぶん、同級生の流したものとは種類が違った。

それでも、友人たちの門出を笑顔で見送った。

そして翌日からひとりになった。

一緒に登校する友だちも、宿題の答え合わせをする相手も、お昼ご飯を食べる仲間もいなくなった。さびしかった。ただひたすら。

「……あたしみたいになっちゃダメだよ」

菜乃香は一度深呼吸をした。

「優海ちゃんは早く戻らなきゃ。ね？」

　作業を中断して優海ににっこりとすると、彼女はしばらくのあいだ何か感じ入ったように黙り、やがて一度深くうなずいて、おもむろにパーカーの袖《そで》をまくり上げた。そして、

「ボタン、こういうやつです」

　と、袖口のボタンを見せながら、自分でもボタンの山に手を伸ばした。

「ありがとう、優海ちゃん。見本があるとすごく楽」

「ホント、助かるよ」

　笑い合い、宝探しよろしく、三人でせっせと捜索する。「これかも！」と優海がひとつを発見したのは、ずいぶん経ってからだ。袖のボタンとそっくりそのままの、黄みがかった樹脂《じゅし》ボタンだった。

「もう一個か」

　どこか楽しげな表情を浮かべて二個目の捜索にかかろうとするライ。菜乃香は、彼の手がボタンに伸びる寸前にシャツの袖を引っ張った。

「待って、ライさん。お店に、力《ちから》ボタンないですか」

「力ボタン？　ああ、あるにはあるけど……」

「二つください。できるだけ小さいの」

　注文すると、さすがはボタン専門店の店主、優海のみならず世の大半の人が首をかしげ

るだろう「力ボタン」の意味をすぐに理解し、「ちょっと待ってて」とおもての店へ戻って行った。

　優海が置いてけぼりにあったような顔で菜乃香を見る。解説を求められている気がしたが、後にして、

「優海ちゃん、今のうちにブラウス脱いで。ボタン、つけてあげるから」

「え、ここでですか？」

「急いで急いで。ライさん戻ってきちゃう！」

　さすがに目隠しもないところでは抵抗があるようで、優海は難色を示した。だが、もたもたしている暇はない。菜乃香が半ば強引に肩を掴《つか》み、パーカーのファスナーを下ろしてしまうと、優海もふんぎりがついたのか、バッとブラウスを脱ぎ捨て、素早くパーカーを着直した。

　菜乃香はすぐにブラウスを拾って膝にのせ、いつも持ち歩いている携帯用のソーイングセットを取り出す。ライが戻ってきたときには、白い糸を抜き出して針に通すくらいには余裕があった。

「菜乃香、これでいい？」

　ライがおもての店から持ってきたのは、ブラウスのものより二回りは小さいボタンだった。なんと、布製だ。

「肌に触れることもあるだろうから、布ボタンにしてみた」

「ありがとうございます！　さすがボタン屋さん！」

期待以上のものが返ってきた痛快さに、菜乃香は思わず笑みをこぼした。対照的に、何も分かっていない優海が不安そうに菜乃香の手元をのぞいてくる。

「なんですか、それ……？」

菜乃香は、にんまりとして布のボタンを掲げた。

「これは力ボタンって言って、ボタンの裏側につけるボタンだよ。つけるとボタンが取れにくくなるの。一緒につけてあげるね」

本来は、コートやジャケットなど、生地が厚く、ボタンがゆるみやすい服に使うものだ。でも、彼女のブラウスにはつけてあげたかった。おまじないみたいなものだ。これでもうはずれる心配はないって、自信を持ってもらえたらいいと思う。

（つけるのちょっと、大変なんだけど……）

生地の上下にいっぺんにつけるだけでも手こずるところだが、力ボタンは隙間《すきま》を作らないようにぴったりつけるのがポイントである。これがなかなか、難しい。

「もう一個も探そうか」

苦戦するのを予想したのか、ライが優海を残るボタンの捜索に誘った。これでしばらく集中できる。人に見られながらだと、やっぱり気が散ってしまうのだ。

よし、と、気合を入れ直して、針を動かす。親指と人差し指でおもてと裏のボタンを固定して、力ボタンの方から先に針をくぐらせる。何度か針を往復させ、表のボタンのつけ根のところにぐるぐるぐると糸を巻きつける。どうにか形よくボタンが留まると、

「あ、あった」

タイミングよく、ライが二つ目のボタンも見つけ出した。

早速受け取り、つけてみる。

今度は、ライも優海も菜乃香の手元に釘づけだった。落ち着かないが、二度目だ。見られながらでももう少しスムーズにできそうだ——と、油断したところで、

「うまいね」

ライの心底感心したような声が降ってきて、うっかり指をさしそうになった。

とっさの判断で顔をあげなかったけれど——声、近かった。

意識したら、かーっと顔が熱くなってくる。

(もー、あんまり動揺させないで……！)

八つ当たりしながら猛烈な勢いで針を動かし、「できた！」とひと声上げて糸を切る。

掲げてみると、今つけたボタンと元からついていたボタンが、きちんと格好良く整列していた。予想以上の出来栄えに、思わず言ってしまう。

「完璧《かんぺき》！」

「さすが」

自画自賛の菜乃香に、ライの拍手が浴びせられる。優海は、ボタンをつけただけなのになぜか涙ぐんで、「ありがとうございます……！」と頭を下げた。

「あ――お客さんだ。俺は向こうに戻るね」

ライが素早くおもての方に帰って行った。たぶん、嘘だ。着替えるために気を利《き》かせたのだ。ありがたく乗っかって、優海にブラウスを押しつける。

「さ、着替えよ！　帰らなきゃ」

「は、はい……」

勢いに押されるように、優海がパーカーから腕を引き抜いた。直後に正しく着用された制服のブラウス。胸はパツパツだったが、ボタンはきちんと留まっている。

「さ、優海ちゃん。あのドアから行って。会いたい人のこと思い浮かべて、だーって、走っていって」

「あ、はい。でも……」

「早く行かなきゃ！　ぼやぼやしてたらまたボタンが飛んじゃうかもよ？」

そんなぬるいつけ方はしてないけれど。

はっぱをかけると、弱々しい視線を向けていた優海が、急に背筋を伸ばした。胸でボタンが飛んじゃうなんて、菜乃香にしてみればぜいたくな悩みだが、彼女にとってはこりごりなんだろうな、と思った。

優海は後ろ髪を引かれるように菜乃香を見ながら、しかし確実にドアの方へ向かっていった。裏の店から外につながるドアである。

「菜乃香さん……」

「大丈夫。また会おうね！」

とびきりの笑顔でそう言うと、優海は不安げに瞳を揺らしながらも、決意したように外へと飛び出した。自分がそうして出て行ったときにはまぶしくてたまらなかったような気がしたが、今、菜乃香の目にはふつうの路地裏の風景が見えていた。

優海には、光って見えただろうか。

カランコロン、とバンブーチャイムが鳴った。

向こうのドアが閉まると同時に、おもてと裏をつなぐ扉が静かに開く。

「……行った？」

顔だけのぞかせるライに、「はい」と返事をし、優海が通り抜けていった扉をつくづくと眺める。

自分もかつて出て行ったんだ、と思うと、妙に感慨《かんがい》深かった。

「……優海ちゃん、帰れるかな」

「帰りたくなるよ。あれだけしてもらったら」

菜乃香が帰ってきたことを「夢かも」とか言っていた人が、自信満々に言ってのける。それがおかしくてくすりと笑うと、三度目の不意打ちに襲われた。今度は後頭部を、なでられた。

「ありがとな、菜乃香。俺ひとりじゃどうにもならなかった」

感謝の言葉がじわりとしみる。

見上げれば、彼は何の他意もない様子でにこりとした。

菜乃香は、じーっと彼を見た。やることなすことイケメンすぎる。ちょっとそろそろ、注意した方がいいかもしれない。

「頭なでないで」

半分にらみながら、菜乃香は言った。とは言え「好きになっちゃうから」とはさすがに言えず、

「子どもじゃないんですから」

と、すねてみる。

「ああ、ごめんごめん」

ひょいと手がのけられた。そうあっさり引かれるとそれはそれでさびしいと思いつつ、

「さ、戻ろう」と促されて、おもての店へと足を向ける。「STAFF　ONLY」のプレートの真下でちょっと振り返り、裏の店をざっと眺めると、行ってきます、と声をあげて

旅に出た日を思い出した。

「ライさん」

扉を押さえていたライが「ん？」と顔を向けた。

「あたし言ってなかった」

なにを、と、不思議そうに首をかしげるライに、菜乃香はひっそり笑い、ゆっくり扉を閉めながら、今さらにしてようやく正しいあいさつをした。

「ただいま」

第三章　ペール・ギュントになりたくない

メタルボタン
金属製のボタン。
制服など、かっちりとした服に
用いられることが多い。

食事会なんですよー、と、彼女は言った。

気合の入った巻き髪の、ＯＬふうの女性だった。

「気軽に参加してもらえる会でー、お店やってる子もいてー。情報交換とかもできると思うんですよねー」

ピンクのくちびるがつやつやと光りながらよく動く。どうですか、と言わんばかりに店主に向けられる目。キラキラして見えるのは彼女がそういうスキルを持っているからだろうか。針金で形成したようにぐいっと上向きになったまつげが、何度も上下する。

「……すみません」

店主・ライが、はじめてそこで口を開いた。申し訳なさそうな笑みを浮かべていた。

「店があるんで、なかなか外に出られないんですよ。閉めたあとも、ネット注文分の対応がありますし」

「でもお休みの日なら」

「うち、定休日がないんですよね」

やんわりと、しかしスピーディーに返され、さすがに脈ナシと悟ったのか女性は肩を下げた。わずかに盛り上がって見える下唇。もしかしたらもうこの店には来ないかも。そんな懸念《けねん》を抱かせるくらい、彼女は不満げだった。だが、

「おいでいただければ、いつでもお話をうかがいますよ」

店主がにっこりした瞬間、彼女の心は離れるどころか、むしろがっつり摑《つか》まれたのが見て取れた。女性の顔がパッと華やぎ、「じゃあ、友だち連れてきまーす」と宣言した声は、さっきまでより半音ほど上がっていたのだ。

店を出て通りを歩く彼女の姿。フレアスカートがふりふり揺れている。彼女の要求は完《かん》璧《ぺき》に退けられたのに、まるきり勝者の風格だった。

（ううん、やり手）

一部始終をこっそり見守っていた菜乃香《なのか》は、けっして称賛ばかりではない気持ちで、レジでひと息つく真の勝者に小さな拍手を贈った。

「――ホント大人気ですね、このお店」

日曜日のつぼみボタン店である。

菜乃香がカラフルなプラスチックボタンが入った壜《びん》を片手にしみじみそうつぶやくと、レジカウンターの内側で伝票をめくっていたライが少し顔をあげ、不思議そうにまばたきした。

「……菜乃香。なんか今の言い方、褒《ほ》められてる気がしなかったけど」

すごい棒読み、と指摘されて、菜乃香はひょいと肩をすくめ、他にお客がいないことをいいことに、正直にうなずいた。

「あんまり褒めてないですもん」

「ええぇ？　なに、どういうこと」

「だって大半のお客さんのお目当て、ボタンじゃなくてライさんでしょ？　なんかちょっと釈然としないんです」

答えると、ライが一度目をぱちくりとさせた。

「なんだ、やきもち？」

「ち——違いますよ！　明らかにボタンに興味ないでしょ、みたいな人が多すぎるってコトです！」

手芸用品の店に女性が多いのは当たり前だけど、たとえば家庭科の授業ですらめんどくさがりそうなギャルっぽい女子高生とか、どう見ても針に糸を通せそうにないごちゃごちゃしたデコネイルのお姉さんとか、こだわりの強さを全身で主張しているようなブランド品固めのセレブふう奥さまとか、絶対に裁縫《さいほう》とかしないだろう。

どこからどこまで、なんて線引きはもちろんできないけれど、本当にボタンを探しに来たのか疑問に感じるお客はけっこう目につく。

さっきのＯＬふうのお姉さんだって、「情報交換のお食事会」なんて言っていたけど、本当のところは合コン的な何かに誘いに来ただけだ。ライもそれを察したから詳しく聞くこともなく流したのだろう。

――と、そういうことを言いたかったのである。やきもちではない。断じて。

「雑誌の功罪ですよ。あの記事……っていうかそもそも特集自体が、お店の中身よりイケメン店員推し、って感じだったもん」

「ああ……まあ、あれは俺もいろいろ想定外のところはあったけど……」

息巻く菜乃香に一応同意して見せたライは、

「でもね」

と、露骨なくらいまぶしい笑みを浮かべた。

「正直、菜乃香ほど熱心に通ってくれる人はいないんだけど」

ぎく――として、菜乃香は黒目を端によせた。

平日だろうと休日だろうとかまわず顔を出しては長いこと店内のボタンを見て回っているのは、誰あろう、この皆月《みなづき》菜乃香である。自覚もある。否定もしない。

「でもあたしはボタンがいるんです！」

声を大にして主張すると、ライは笑みもそのままにゆったりうなずいた。

「菜乃香はお裁縫好きだもんな」

「そうです！　それに、ここ、種類がいっぱいありすぎて選ぶのに時間かかるし！」

「うんうん。いつも閉店間際まで粘っても一個しか選べないし」

「め――目移りするんだもん！」

つっかえながらも叫んだときには、全身に変な汗がにじんでいた。

反論がいちいち言い訳くさく感じるのはよこしまな心があるからだろうか。違う。自分はちゃんとボタンを買いに来ている。少なくとも、ギャルっぽい女子高生でも、デコネイルでも、ブランド好きでもない。純粋なお客だ。

（――って並べてる反論がやっぱりいちいち言い訳くさい！）

そんな具合にひとりでぐるぐる考えこんでいると、ライが声をひそめて笑った。

「別に毎日来ていいし、いくらでも長居していいよ？」

店主は寛大にそう言ったが、その表情はまるで自分の尻尾《しっぽ》を追い回す仔犬を見ているようだった。

「……ライさん、からかってるでしょ」

「だってかわいくて」

「やめてよ、もー！」

変な汗をかきながら、菜乃香はもう知らんとばかりにそっぽを向いた。それでも、ライはくすくすいっている。すねようがふくれようが心の底から怒れないと、ばれてしまっているみたいでひどく悔しい。

そうして菜乃香が置き場のない感情をもてあましていると、店のドアベルが鳴った。ちりん、という、『つぼみボタン店』のウインドチャイムだ。見れば、ママ友グループふうの四人の女性がどやどやと入店してくるところだった。

助かった。とりあえずこのもどかしい状況から脱出できる——と、にわかに安堵《あんど》した菜乃香だったが、隅っこに移動しようとした矢先に別の音を聞き、さっと緊張した。カランコロンという、こちらはのんきなバンブーチャイムの音だ。

とっさに、ライに目をやった。

表向き何事もないように笑顔で四人のお客を迎えているが、後ろを気にしていないはずがない。菜乃香はお客の意識が商品に向き始めたのを見計らって、そっとレジに近づいた。

「あたし、裏に行きましょうか？」

ささやくと、ライは判断に迷ったのか少し黙った。

「……正直、あんまりあっちに巻きこみたくはないんだけど」

「あたし巻きこまれるとか思ってないです。話聞くくらいはできるし」

裏の店から生還の道を見つけた菜乃香である。できることなら同じ道を他の誰かにも見つけてあげたい。口には出さなかったが、ライには伝わったようだ。もうからかうそぶりなんか見せない、立派な大人の顔でうなずいて、

「じゃあ俺が行くまでお願いしよう。でも、対応に困るようならすぐ戻っていいから」

「大丈夫です。行ってきます」

声を落としながらもはりきって、菜乃香は裏へ続く扉を細く開け、素早く身体《からだ》をすべり

こませた。

やっぱりこっちは別世界だ、と、菜乃香はつくづく思った。

おもての世界とおんなじようで、少しだけ違うつぼみボタン店の裏の店。そこは、外がどんなに晴れていてもうす暗くて、たった一個のオレンジライトがやけに心強く感じる空間だ。ときどき怖くなることもあるが、今はこの静けさが落ち着く。

菜乃香は閉めたドアにもたれて思いっきり深呼吸をした。

さっきからずっと、心拍数が上がっている。

「……ライさんが意地悪言うからだ……」

「――誰に意地悪されたの？」

思いがけず独り言に返事をされて、菜乃香はびくっと肩をはね上げた。いると思って来ているのにびっくりしてしまうのは、これで二度目だ。

カウンターのすぐそばで、そんな菜乃香のリアクションを控えめに笑うお客がいる。毛先が顔の輪郭《りんかく》を隠すくらい、長めの髪をした男性だった。

「い、いらっしゃいませ」

慣れないあいさつを口にしながら、あわてて笑顔を作る。進学校だけにバイト経験もなく、うまいことできているか分からないが、ひとまず「どうも」と笑い返してもらえた。

若いお客だった。

先日やってきた優海《ゆうみ》ほどではないが、彼もライより少し年上――二十代後半か、三十そこそこに見える。

目尻の下がったやわらかな顔立ちは、十人いたら九人はイケメンだと評価しそうだ。ただ、はやりのイケメンとは少し種類が違う。年配の女性ほど好みそうな、クラシカルな美しさがある人だ。ビジネス用ではなさそうな黒のスーツが、よくなじんでいる。

(この人も迷子……だよね?)

裏の店に来るのは、忘れものをしているがためにまっすぐあの世にいけずにいる「迷子」である。頭では分かっているが、彼に限ってはあまりそんなふうに見えなかった。未練があってここに迷いこんでいるはずなのに、表情が明るいのだ。

「はじめまして」

改めて、彼の方から声をかけてきた。胸に手を当てる仕草が、芝居《しばい》っぽいというかキザっぽいというか。感じた戸惑いを押し隠し、菜乃香もとりあえず頭を下げ返す。

「こんにちは」

「どうも。僕はカケル。キミは?」

「え? あ、菜乃香、です」

「菜乃香ちゃん。いい名前だね。天使かな？　それとも女神さま？」

「――へっ？」

唐突《とうとつ》にしてよく分からない質問が、菜乃香をきょとんとさせる。

カケルは、目を細くして笑った。

「だってかわいいから」

「い――いいえ、全然！」

すっかり意表を突かれた菜乃香は、焦って手を振った。それまで相手を観察できるくらいには残っていた余裕が、あっという間にどこかに流されてしまう。ええと、なんだっけ――と、忙しく視線を振って次にすべきことを探したが、思いつかない。

「座ったら？」

カウンターの向こうでカケルが椅子《いす》を引いた。あまりに自然な動きだったが、違う。そうすべきなのは菜乃香の方で、座るべきはお客の方だ。震えあがるように首を振る。

「むしろカケルさんが座ってください！　お客さまですから！」

「ありがと。でも女の子を立たせっぱなしで僕だけ座るなんて、どうもね」

だからどうぞ、と改めて手のひらで椅子を示されたが、菜乃香は彼の言葉に従うことも、遠慮《えんりょ》することもできなかった。こんなふうに初対面の壁を越えてくる人に出会ったことがなかったのだ。完全に調子が乱れていた。

こういうときはどうすればいいんだろう。

崩れそうな愛想笑いをどうにか保ちつつ棒立ちになっていると、「あ」とカケルがあごを引いた。そして気づかわしげな表情で、

「もしかして、僕ウザかった？」

「え……い、いえ、そんなことは……」

「ごめんね、子どもの頃から『女の子にはやさしくしなさい』って言われて育ってるから。うち、女ばっかりの家庭なんだよ」

カケルが下がり目をことさら強調させるような笑い顔になって、菜乃香の肩から力が抜けた。もしかしたらこの人は苦労してきた人なのかも。そう思うと妙に心がやわらかくなって、「そうなんですね」とうなずいていた。カケルも「そうなんです」とうなずいた。

「そういうわけだから、はい、どうぞ」

まるでエスコートするみたいに、改めて椅子をすすめられたときだった。

唐突に、後ろのドアが開いた。ライだ。

「菜乃香、ありがとう。替わるよ」

軽く肩を引かれると、トランプをひっくり返すみたいに簡単にライと立ち位置が入れ替わった。急なことで頭が追いつかないまま、ライのそびえるような背中を見上げる。

「ライさん、お客さんは？」

「まだいる。しばらく向こう見ててくれる？　お会計する人がいたら呼んでくれていいから」

「あ、はい……」

返事をしつつ、お客に対してひと言もなく退出するのは気が引けて、カケルに軽く頭を下げる。彼は、なぜか面白そうに眉《まゆ》を上下させていた。

「イケメン出てきた」

「お待たせして申し訳ございません。お話、おうかがいします」

カケルの茶化すような口ぶりをきれいに流して、ライは軽く頭を下げた。いつも気さくな接客をする彼にしてはずいぶんかっちりした対応だ。

「この人どちらさま？　菜乃香ちゃん」

ライの態度が丁寧《ていねい》すぎてかえって取っつきにくかったのか、カケルが黒目を動かし彼を示した。答えようとすると、ライが横からさえぎってくる。

「店主です。カブラギといいます」

（――カブラギさん！）

菜乃香は思わず足を止めて、ライの横顔に釘づけになった。さんざん店に通い詰めているのに、今はじめて彼の苗字を聞いたのだ。なんだか――変な感じだ。

「ここ店なの？　何売ってるの」

カケルが四方を見回す。きちんと収められている、無数の引き出し。ライはごく短い言葉で彼の疑問に答えた。

「ボタンです」

「——ボタン⁉」

声をあげるなり、カケルが石膏像《せっこうぞう》のように固まる。

その分かりやすいリアクションに、菜乃香はライとひそやかに目を見交わした。

——この人はボタンに何か思い入れがある。

言わなくても、二人とも確信しきっていた。

「あの」

ライが声をかけると、カケルが肩をはね上げた。形の良い彼のくちびるから、通りの悪いホースから水が出るように、切れ切れに息が吐きだされる。

ボタンと聞いて何か思い出したのだろうか。それが、彼にとって何か都合の悪いことだったのだろうか。

カケルは動揺《どうよう》しているとはっきり分かる表情で、一歩、二歩と後ずさりして、

「——僕は『ペール・ギュント』じゃない！」

「は？」

「え？」

ライと菜乃香の口から、面白いほどまの抜けた声が転がり出た。

直後、カケルは顔をこわばらせたままバッと身をひるがえし、怨霊《おんりょう》から逃れるかのように店を飛び出していく。

カランコロン、と、バンブーチャイムが乾いた音を鳴らして揺れた。

店は、またたく間に静まり返った。

静寂の間に、菜乃香はそーっとライを見上げた。

ライも、同じように菜乃香を見下ろしていた。

「……ライさん。『ペール・ギュント』って、なんですか？」

「さあ……」

二人そろって首をひねる。そうしてみたところで、分かったことはとりあえず、また変なお客が来た、という事実だけだった。


「ライさんライさん。『ペール・ギュント』って、クラシックの曲名みたいですよ」

日も落ちたいっぴん通りの西の端。ボタン型の看板が下がった、ちょっとおしゃれなボタン店。寄せては返す波のようなお客の流れがようやく落ち着き、そろそろ「CLOSED」の看板を出そうかという店内で、未だ滞在中の菜乃香はスマホの画面を印籠《いんろう》のようにライの前に突き出した。

グリーグ作、組曲ペール・ギュント。単語としても、言語としても耳慣れなかった『ペール・ギュント』で検索をかけた結果、真っ先にヒットしたものである。

軽くかがんでスマホをのぞいたライが、顔をしかめた。

「クラシック……不得意分野だな」

「あたしも。動画もありますけど、聴きます？　音、出してみてもいいですか？」

「いいよ。俺も聴いてみたい」

レジカウンターの上にスマホを置き、音量を大きくして、検索結果の中に出てきた動画をひとつ再生してみる。オーケストラの演奏会のような映像で、指揮者が台上に立って少し待ったあと、フルートの旋律が始まる。

「……あ。これ、ヨーグルト食べたくなる曲だ」

冒頭を二十秒ほど聴いて、菜乃香は思わずつぶやいた。

クラシックなど音楽の授業でしか聴かないが、そんな菜乃香でも、これまで何度も耳にしたことのある曲だ。牧場《まきば》の情景が思い浮かぶような、さわやかなメロディ。それこそ乳製品のＣＭにぴったりの。

ヨーグルトか、と笑いながら、ライもうなずいた。

「小学校だったたか、教科書に載ってた気がする。『朝』とかいうタイトルじゃなかったっけ？」

「あ、そうみたいです。『ペール・ギュント』の『朝』って書いてある。——そっか、組曲っていくつかの曲が集まってるわけですもんね。その全部の曲を集めたタイトルが、『ペール・ギュント』」

同じ旋律を違う楽器がくり返し奏でていく。音が重なるたびにだんだん世界が広がっていくようだ。朝つゆが光る牧場の映像に加えて、青白い三角の山だとか、白い山羊《やぎ》が駆ける姿とか、太陽の力強い輝きなんかがまなうらに浮かんでくる。

結局、二人してまるまる一曲聴いてしまった。動画の中で拍手が起こったときには、ライが深呼吸していた。菜乃香も、もらいあくびしたように深い呼吸をする。そうしたくなるくらい、すがすがしい気持ちになったのである。

「でも意味は分からないな」

動画を止めると、すっかり洗われたような空気の中、ライがうーんと首をかしげた。そうですよね、と、菜乃香も同意する。

「『ペール・ギュント』は曲名なのに、僕は『ペール・ギュント』じゃないって、文脈的に変ですもんね」

「その言葉を日本語に直すと意味が通るのかな。何語なんだろ」

「ええと……作曲家はノルウェーの人みたいです。だから……ノルウェー語？」

「うーん……こんにちは、のあいさつすら知らないな」

「なんて意味の言葉なんでしょうね」

　戻って検索結果を流し見してみたが、どれも曲名として表示されるものばかりだった。原語のスペルを入れればまた結果は違うのかもしれないけれど、原語で検索したら原語のページばかりが表示されるだろうから、どのみち理解はできそうにない。

　ライがスマホから目を放し、軽く息をついた。

「まあいいよ。あの人もボタンが欲しければまた来るはず。菜乃香はあんまり考えなくていいから」

「ええー、でも気になりますよ」

「気にしなくていい——ていうか、もうあの人に関わらなくていいよ。調子のいい人だったし」

　レジ周りの片付けを始めながら、ライが言った。そう言えば、裏の話はあんがい彼の耳に届いているのだった。菜乃香はスマホの画面をロックして、カウンターによりかかる。

「ライさん、あの人のことあんまりいい印象じゃなかったの？」

　今の口ぶりもそうだが、直接カケルに対面している間も妙に態度が固かった気がしてそう問うと、ライは真っ向から否定も肯定もしない代わりに、

「受け取り手によってフレンドリーにも軽薄にもなる人だと思う」

と答えた。彼の中では、きっと後者だったのだろう。そういう口調だった。

菜乃香は短い時間でカケルのことを思い出し、「確かにね」と軽くうなずいた。

「いきなり天使だとか女神だとかいうから、あたしも目がテンになりましたけど。どうせ女子高生からかって楽しんでただけでしょ？」

「分かってるならさっさと引かなきゃダメだろ」

「……へ？」

「ああいうタイプは隙《すき》見せたらどんどん懐《ふところ》に入りこんでくるよ。菜乃香は真面目《まじめ》だからよけいに」

お兄さんは心配だ……とか、年上ぶったこと言いながら、ライがレジを離れ、通りに面した二つの窓のブラインドを下ろしにかかった。

菜乃香はちょっとくちびるを尖らせる。

――隙を見せなくても懐に入りこんでくる人に、そんなこと言われたくない。

「菜乃香、そろそろ帰った方がいいんじゃない？」

ショーウインドウの二体のぬいぐるみ――ロビンとクレアの立ち位置を直しながら、ライが顔だけ菜乃香の方に向けた。彼の手で右を向いたり左を向いたりするボタン目のクマのカップルは、今、勇者と姫君みたいな恰好《かっこう》をしている。マントとケープをそれぞれ羽織《はお》っただけだった彼、および彼女に、菜乃香がプレゼントしたものだ。もちろん、お手製。

ボタンもつけている。

「菜乃香、聞いてる？」

次はどんな衣装にしよう――などとついつい想像を広げていた菜乃香は、「あ、はい」と改めて忠告を聞いた。

窓の外はすっかり闇の底。街灯がぼんやりと白い光を落としている。ボタンの振り子時計を見ると、もう八時前だ。『ペール・ギュント』が気になって、いつもより三十分ほど長居してしまっている。

ライが一度店のドアを開け、取っ手に「CLOSED」のプレートを下げた。

「ここにいるとあっという間に時間すぎちゃうんですよね」

「俺も早く帰せばよかったんだろうけど」

「いえ、あたしが気をつければいいんですよ」

言いながら、菜乃香はバッグにスマホをしまいこむ。小ぶりのハンガーか、というくらい大きな口金《くちがね》を使ってみたくて、四苦八苦しながら自作したがま口バッグだ。シンプルなデニム地のものだが、隅の方に大きな赤いボタンをつけたらいい感じに仕上がった。ここ最近では一番のお気に入りだ。

「菜乃香、近頃ここ出るの遅くなってるよな。お父さんお母さん、何も言わないの？」

「いえべつにー」

──というのは嘘で、連日遅く帰る娘に対して父も母も「おかえり」より先に小言《こごと》を言う。今だってスマホに「どこにいるの？　晩ごはんどうするの？」というメッセージがいくつも入っている。気にしないけど。

「なんかいろいろ中途半端で落ち着かないですけど……しょうがないですよね。また明日来まーす」

　がま口をパチンと閉め、肩にかける。そのまま帰ろうとして、

「あ──そうだ」

　思い出して足を止める。

「ライさん、これだけ訊いて帰っていいですか？」

「うん？　なに？」

「ライさんの名前って、どんな字書くんですか？」

　カウンターに戻ったライが、「え？」と、目をまたたかせた。

「今日はじめてライさんの苗字聞いたな、って思って。カブラギさん」

　ああ、とはにかんだライは、「ええと……」とカウンターの下に手をつっこみ、なにやらガサゴソやった後でボールペンとメモを探し当てた。そして、鏑城──と、いかにも男っぽい文字で書いてみせる。

「わ、難しい字。先に見せられたら読めなかったかも」

「俺の名前ってバランス悪いんだよ。名字ばっかり画数多くて」

「えー、じゃあ名前は？　ライって、漢字なんでしょう？」

「そう。未来の『来』に――」

言いかけて、ふとライが口を閉じた。思わず菜乃香は身を乗り出す。

「もしかして『ライさん』て、ニックネーム的なやつですか？」

是非《ぜひ》を答えず、彼は口の端を持ち上げる。アタリだ。

「フルネーム教えてください！」

「なんか今さら感がものすごいけど」

「今さらだからです！　知りたい知りたーい！」

がぜん意気ごむ菜乃香に、ライはにこーっとして答えた。

「また今度な」

「ええぇー、どーしてー？」

「話し始めるとまた遅くなるからです。ほら、帰った帰った。明るい道通ってくんだよ？」

先生みたいにぴしゃりと言ったあと、ライは容赦《ようしゃ》なく菜乃香を追い立てた。

「こんなとこでお預けされたら、眠れないじゃないですかー」

一応抗議してみたが、ときどき意地悪なこの店主は、「ひつじ数えたら眠くなるらしいよ?」などとしたり顔で言って、ふくれる菜乃香にひらりと手を振ってみせた。

「菜乃香さん、寝不足ですか?」

翌日のホームルームである。

朝から机に突っ伏す菜乃香に、江田美波《えだみなみ》が声をかけてきた。緩慢《かんまん》に顔をあげると、彼女は眉《まゆ》をハの字にして、「大丈夫ですか?」と顔をのぞきこんでくる。

「うん、へいきー」

菜乃香はのっそりと上体を起こし、目をこすりつつカラ元気で笑った。

何の呪いか、冗談で言ったことが見事に現実になって、朝からあくびが止まらない本日。起き抜けに飲んできた濃い珈琲《コーヒー》もあまり効いてるようではないが、具合が悪いわけではないので我慢するしかない。

「休み時間に寝ちゃうから大丈夫」

「だったらいいですけど……」

美波が表情をやわらげる。きゅっとくちびるの両端を引っ張るような彼女の笑い方は、大人っぽいと思う。

最近、菜乃香は彼女と仲良くなった。

きっかけは彼女の妹、優海だ。ときどき入院中の様子を聞いていたりして、話す機会は増えていたけれど、優海が意識を取り戻し、退院できたと聞いたときに一緒になって号泣したらすっかり仲良くなってしまって、今では空き時間のほとんどをおしゃべりについやしている。性格的にも無理せずに合わせられる相手だから、菜乃香の学校生活もずいぶん気楽なものになったのだが、

「美波ちゃん。何回も言うけどタメ語でいいよ」

「何回も言ってますけど敬語がいいです」

――というように、美波はちょっと、変わっている。何回言っても敬語で話しかけてくるし、呼び捨てオッケーと言っても「菜乃香さん」と呼び続ける、ある意味頑固者なのである。

「美波は敬語使いたい願望あるもんねー」

美波の後ろから、ベリーショートの女の子がにゅっと顔を出した。押坂《おしさか》ルイ。彼女もまた、近頃一緒に行動することの多いクラスメイトのひとりだ。

もともと美波とは中学から一緒らしく、二人は遠慮《えんりょ》のない間柄で、美波の首にがっと腕を回したルイは美波ごと菜乃香に顔をよせて、

「ここだけの話、美波って年上好きなんだよ。だから敬語でしゃべって違和感ない相手には敬語使いたがるのー」

「ちょっと、ルイ。よけいなこと言わないで」

秘密を暴露された美波が煙をかきけすように手を振り回した。年上男子に片想いでもしてるんだろうか。ちょっと照れた感じがかわいい。

そのうち聞きだしちゃお、と、内心にんまりしながら、「そういうことなら全然いーよ」と菜乃香も気軽に請《う》け負った。彼女に敬語を使われても、線を引かれている感じはしないのだ。

ひと段落したら、気が抜けた。ふあ、と大きなあくびが出る。

「ナノちゃん寝不足ー？　あ、もしかして夜なべして縫《ぬ》い物してる⁉」

「あ、わたしたちのせいでした⁉」

ルイが大きく口を開け、美波が血相を変えた。何のことだかピンと来なかった菜乃香は、ぼんやりした目で二人を見、「え？」と首をかしげる。

「パスケース作ってて、寝るの遅くなるんじゃないんですか？」

美波が神妙にそんなことを言いだし、「ああ」と菜乃香は思い出した。実は少し前に、彼女たちにパスケースを作ってあげる約束をしていたのだ。

だが、寝不足の理由はまったく違う。分かっているから菜乃香は大きく振った。

「全然、それとは無関係だよ」

「でも、わたしたちの他にも頼まれてませんでした？」

「うん。結局このクラスの女子全員分と、彼氏いる子は彼氏のも」

菜乃香はへらっと笑った。

最初は、ルイと美波、そしてその妹の優海、三人分だけだったけれど、話を聞いた他のクラスメイトからも「材料費持つから！」と頼まれて、菜乃香のもとには今、売れっ子作家よろしく注文が殺到している。電車通学やバス通学が多いのと——たぶん、クラスメイトたちも、菜乃香に話しかけるきっかけを探してくれていたのだ。すごくありがたいと思っている。

「ホント大丈夫ー？　女子全員って二〇超えるけど」

机の前にしゃがみこむルイ。「大丈夫だよ」と菜乃香は笑った。

「デザインも生地も一緒だし、作りもシンプルだもん。それに、みんな一緒じゃ見分けつかないから、ボタンつけるって言ったでしょ？　そのボタンがどんなのがいいかとか、好きな色とか訊いてたら、あたしもその人のこと知れるし。いいことずくめなんだよー」

どうせなら作ったものを好きになってもらいたいから、毎日ライの店に通い詰めて時間をかけて、とっておきのボタンを選び抜いている菜乃香である。

「今日はルイちゃんのボタン、探してくるね。どんなのがいい？」

「あたしはラッキーシンボル！　四つ葉のクローバーとか、蹄鉄《ていてつ》とか！」

ルイは声も高らかに答えた。彼女はボーイッシュで一見さばさばしていそうだが、占いとかまじないなんていう、スピリチュアルなものが好きだ。ハンカチはその日のラッキーカラーのもので、バッグには組み紐《ひも》がかわいい中国のお守り。スマホのホーム画面には招き猫の写真が標準装備されている。いわれがあるならどこの国のどんなものでも持ちたいらしい。そんな彼女だからして、ボタンにも縁起《えんぎ》を担《かつ》ぎたくなるのはとりたてて不思議ではない。

「じゃあそういうの、探してみるね。写メ撮らせてもらって、また見せる」

「うん、よろしくー。美波はどーするの？　やっぱマリン系？」

一家そろって海にちなんだ名前を持つ江田家の長女は、持ちものもマリンテイストのものが多い。青白ボーダーのポーチとか、人魚のワンポイントのタオルとか。

「昨日お店の人に訊いたら、海っぽいの、夏に向けて準備してるって言ってたよ。浮輪とか、錨《いかり》とか、熱帯魚のボタン」

「あ……わたし、行ってみてもいいですか。ボタン屋さん」

「いいけど……遠回りにならない？」

出身中学の位置を考えると、美波の家はボタン屋から見て反対方向になるはずだが、美波は「大丈夫です」と揺るがなかった。

「ちょっと面白そうですし」

おおっ、と、菜乃香は前のめりになった。ライの店に通いはじめてからというもの、菜乃香の中ではすっかりボタンがブームである。店にいると不純なお客がちらほら見受けられるから、ボタンそのものに興味を持ってもらえるだけでちょっとうれしかったりする。

「あたしも部活なければ行くのになー」

バドミントン部の副部長・ルイがつまらなそうに天井を見上げた。ただし「イケメン店長みたーい」と完全に目的がずれているから、菜乃香も美波も顔を見合わせ苦笑した。


自分のお気に入りの場所に誰かを連れていくのは、わりと勇気のいることだと思う。気に入ってもらえたらうれしいけれど、そうでなければ相手をがっかりさせてしまうし、自分もがっかりしてしまうだろう。

はたしてつぼみボタン店は美波の目にどう映るのか。

ドキドキしながら案内すると、店の前に着いた時点で彼女は驚きの表情を浮かべていた。

「平日の夕方なのにけっこうお客さんがいるんですね」

「うん。雑誌に載ってから増えたんだって」

「――ああ、あの店員さんのおかげですね」

美波がレジで会計中のライを控えめに指さし、「やっぱり誰でもそう思うよね」と菜乃香は苦笑した。女性ばかりの店内に漂う妙にソワソワした空気が、すべてを物語っている気がする。

「狭いから行き来するのがちょっと大変だけど、ボタンはいっぱいあるよ。とりあえず好きなの探してみて。宝探しみたいでけっこう楽しいから」

「はい、見てみます」

店に入ってすぐ、右と左に分かれて進んでいったところで、レジカウンターのライと目が合った。控えめな手招きに呼ばれて人の間を縫っていくと、ライが声をひそめて問いかけてくる。

「友だち？」

「そう。美波ちゃん……こないだ裏に来てた優海ちゃんのお姉さんです」

へえ、と驚嘆《きょうたん》したライが、目元をなごませた。

「うれしいね」

「なにがですか？」

「菜乃香が友だち連れてきたこと」

とっておきの秘密を教えるみたいにささやかれて、菜乃香はうっかりあめ玉を飲みこみかけたみたいに、首をすくめた。こういうときにちっとも意地悪な空気を出さない人だから、菜乃香は困ってしまう。顔が赤らんで、うれしいと言われたことがうれしいと、素直に言えなくなってしまう。

「いつか優海ちゃんも連れてきてほしいね」

そう言ったライは、こっちの反応なんか気にしている様子はなかった。仕方なく、菜乃香もふつうの顔をしてうなずいた。

「本人は覚えてないみたいですけどね」

これは後から分かったことだけれど、長い昏睡《こんすい》状態から目覚めた優海は、ボタン屋での出来事をほとんど覚えていないようだった。菜乃香なんか、あのときライと交わした言葉のひとつひとつはもちろんのこと、見せてもらったボタンのデザインとか、はじめて顔を合わせたときのライの表情とか、細かいところまでよく覚えているのに。

結末は喜ばしいのにどこかさびしい、魔訶《まか》不思議な話である。

と、そこで、美波が壜《びん》をひとつ手に持ってやってきた。

「菜乃香さん、決めました。大きさとか大丈夫でしょうか」

差し出された壜の中には、貝のボタンが入っていた。材料が貝なのではなく、ボタンそのものがホタテのような形をしているボタンだ。プラスチック製らしく、四種類ほどのパステルカラーが入り混じっていて、見た目がとても賑やかだ。

「いいねー！　美波ちゃんにぴったり」

「色はどれにする？」

ライが微笑《ほほえ》ましいものでも見るような顔で、フェルトの皿の上にボタンを並べた。じゃあこれを、と美波が選んだのはやわらかな黄色で、素早い会計のあと、ボタンはシンプルな茶色い袋に入れられた。隅っこにプリントされた四つ穴のボタンのマークは、この店のシンボルだ。

「はい、どうぞ」

「ありがとうございます。じゃあ、菜乃香さん。お願いします」

受け取った小袋を、美波はそのまま菜乃香に回した。

「あれ？　それ菜乃香が持って帰るの？」

「はい。今、菜乃香さんにパスケースを作ってもらってるんです。菜乃香さんが使ってるのがかわいいから、いろんな人が頼んでますよ」

「だから毎日一個ずつ違うボタンを吟味《ぎんみ》して選んでるんですよっ」

すかさず主張すると、「なるほどね」とライは苦笑した。

「それならそうと言ってくれれば、意地の悪いこと言わなかったのに」

「別に言うほどじゃないですもん」

そろりと目をそらしつつ、反論する。最初から言ってしまって、「じゃあまとめて買っていけば」などと言われてしまうと個人的に支障があるので、黙っていたのである。もちろん、ここでもそんな展開になるのはごめんなので、「そーだ、ルイちゃんのボタンも探さなきゃ！」と、早々話題を変える。そして、「何か縁起物《えんぎもの》のモチーフのボタンないですか?」と、けっこう無茶な条件を振ってライを「ええ?」と唸《うな》らせた、そのときである。

店内に、電子音の音楽が流れ始めた。

誰かのケータイの着信音だろう。菜乃香は思わずにやりとする。見るとライも同じように口角をあげていた。

「……『ペール・ギュント』ですか?」

「……『ペール・ギュント』だね」

秘密の合言葉みたいに、ライと目を見交わし、ひっそり笑う。聴こえてきた電子音楽はまさに、『ペール・ギュント』の『朝』だったのだ。昨日の今日のでこの曲を聴くなんて、ちょっと因縁《いんねん》じみている。

「二人ともお好きなんですか、この曲」

電話の持ち主か、中年の女性が慌ててケータイ片手に店を出ていったところで、美波が菜乃香とライに交互に顔を向けた。菜乃香は「うーん」とあいまいに笑って、

「好きっていうか、昨日聴いたばっかりだったからねー。『ペール・ギュント』の『朝』。教科書に載ってたよね?」

「はい。わたし、演奏したこともありますよ」

なんでもないことのように告白されて、菜乃香は口をあんぐりとさせた。

「演奏、って、授業で? あ、もしかして吹奏楽部《すいそうがくぶ》だった?」

「いえ。わたしジュニアオケ……ジュニアの交響楽団に入ってて、フルート吹いてたんです。この曲もやったことあって、最初からフルートの見せ場だからすごく緊張した思い出があります」

「へえー！　美波ちゃんフルート吹けるんだー」

「はい。東高に通いながらじゃさすがに難しいかな、って思って中学卒業したときに退団したんですけど、大学行ったらまたオケやろうと思ってます」

「へー！　へー！　いいなぁ！　すごいなー！」

「自分で洋服作っちゃう人の方がすごいですよ」

「そんなことないよー」

　楽譜もまともに読めない菜乃香には、ピアニカやリコーダー以外の楽器が弾けるなんて偉人のレベルだ。

「……美波ちゃん」

　と、そこで考えこむように黙っていたライが、美波に視線を向けた。真剣な顔だ。笑みを浮かべる余裕もないような。つられて、菜乃香もはしゃいだ気持ちを落ち着けた。美波と一緒になってライを見上げる。彼は、他のお客に配慮《はいりょ》するように声を潜めた。

「昔吹奏楽部の子が言ってたけど、確か、新しい曲を始めるときはその曲のこと勉強するんだよね？」

「……？　はい、作曲家の意図とか、曲が作られた背景とか、理解していた方がいい演奏ができますから、やってましたけど？」

「じゃあ『ペール・ギュント』ってどういう意味か知ってる？」

ようやくピンときて、菜乃香は思わず前のめりになりそうになった。そういうアプローチがあったなんて、考えもつかない。

「どういう意味っていうか……」

二人の反応に心底不思議そうにまつげを上下させながら、美波はすんなりと答えた。

「人の名前ですよ」

「え、そうなの⁉」

先に菜乃香が驚いた。美波がリアクションの大きさに困惑したように、しかし「はい」と確かにうなずく。

「さっきの曲が有名だから音楽の方ばかり知られてますけど、元々は詩劇なんです。その物語の主人公が『ペール・ギュント』っていう名前の男の人で」

「そうなんだ、物語の主人公！」

「……なるほどね」

菜乃香は思わずライと顔を見合わせた。

曲名としての『ペール・ギュント』じゃぜんぜん意味が分からなかったが、人の名前ならカケルの言ったことも意味が通じてくる。

――僕は『ペール・ギュント』じゃない。

「うっわあ、その話読みたい！　図書館にあるかな。まだ図書館開いてるっけ」

「今なら閉館前にギリギリすべりこめると思いますけど……」

「じゃあ行かなきゃ！」

さながらリードの外れた犬のように、菜乃香は嬉々として身をひるがえした。が、「菜乃香」という鋭い呼び声が菜乃香の足を止める。ライである。

「本は明日俺が探しに行くから、もう帰りな。また遅くなるだろ」

「でも気になるじゃないですか。今日のうちに行ってきます」

「ダーメ。帰りなさい」

まるで子どもに言い聞かせるように促されて、菜乃香はむうと黙りこんだ。

ゆうべも家に着くのが遅くなってこっぴどく怒られたのだが、いくら親に説教されても菜乃香の中の天秤《てんびん》はボタン屋の方に大きく傾いたままだし、何と重さを比べてもその結果は変わらない。このまま真っ直ぐ帰るなんてありえないのだ。

でも、ライの言うことを突っぱねて、聞きわけがないと思われるのもいやだ。

どうしよう。

無言のうちに葛藤《かっとう》していると、ふふ、と、美波が蝶の羽音のような、ささやかな笑い声を立てた。

「店長さん、菜乃香さんのお兄さんみたいですね」

「うちの妹よろしくね」

すかさずライが乗っかるから、菜乃香はぱかりと大きく口を開けた。

「あ——あたしライさんの妹じゃないし！　ライさんのことお兄ちゃんとか思ってないです！　てか、いやですよ！　妹なんて！」

くちびるから勝手に言葉が転がり出た。そのことにも驚いたが、その声がへんに大きかったことにも驚いて、ひゅっと息を吸いこむ。

当然だが、目立ったようだ。美波やライはおろか、他のお客まで注目している。

「えーと——ごめん？」

ライが困ったように笑った。声に戸惑いがにじんでいた。そうと分かったら、いっきに冷静さが戻ってくると同時に、何かものすごく悪いことをした気分になった。

「ご、ごめんなさい……帰ります……」

視線に耐え切れず、そろそろと店から逃げ出す。通りに出るなりわしゃわしゃと髪をかき乱し、ああもう恥ずかしい、と、短く猛省。

最近こんなことばっかりだ。

思いがけないものに急に足を取られて、変なステップを踏まされる。それを楽しめればいいのだろうけれど、そんな余裕もなくて、青くなったり赤くなったりして、最後には疲れてぐったりしてしまう。

その原因に、まったく心当たりがない、というわけではないのだけれども。

それにしたって、ふつうでいることがすごく難しい。

（あーもう、なんかバタバタしたい……！）

それすらできずにもどかしく、遠吠えする犬みたいに天をあおぐと――がばっと、突然後ろから腕を抱きしめられた。美波である。

「み、美波ちゃん」

驚いた。学校では、ルイに絡まれることはあるにせよ、こういうふうに自分から誰かに絡んでいく彼女を見たことがないのだ。

「菜乃香さん、大胆《だいたん》ですね！」

美波は見たこともないくらいキラキラな目をして、聞いたこともない興奮したような声で言い、ぬいぐるみを抱きしめるみたいに菜乃香の腕をぎゅーっとした。

されるままの菜乃香は、ただただ目をぱちくりとさせる。

「だ、だいたん？　って？　なに？」

「さっきの、告白みたいでドキドキしました。ていうかわたし、現在進行形でドキドキしてます……！」

「え――え？　え⁉　告白⁉　なんで！」

雷が落ちたような衝撃に、菜乃香は慌てふためいた。どう飛躍すればそんな話になるのか、わけが分からない。だが美波は虚空を見上げて、

「だってお兄ちゃんだなんて思わない、妹なんて言わないで――って、つまりわたしのこと女の子として見てってことですよね？」

ほう、とやさしいため息をつく。

瞬間的に、菜乃香の足元から熱風が噴き上げた。

「ち――ちがっ！　そういう意味じゃないし！」

「え、そうなんですか？」

「そうだよ！」

間髪《かんはつ》容《い》れずに一刀両断。

「だってお兄ちゃんって妹を下僕《げぼく》にするじゃん！　お菓子取り上げたり、嫌いな野菜食べさせたり、雑用押しつけたり！　太ったとか平気で言うし、テストの点数悪いとすっごいバカにするし！　でもライさんそんなんじゃないし！　あたしライさんの下僕になりたくないし！　だからああ言ったの。ぜんぜん、告白とか違うしー！」

美波の腕から逃げ出し、汗をかきながら身振り手振りで必死になって弁解するが、美波はぽかんとしていて、どう見ても納得している顔ではなかった。

菜乃香はますます語気を強め、

「美波ちゃんお兄ちゃんいない？　じゃあ分かんないかな。お兄ちゃんて暴君なんだよ。ライさんとは正反対なんだよ。全然違うんだよー！」

「――あ、あの、菜乃香さんに意地悪なお兄さんがいるのは分かりました」

美波が騒ぐ仔犬をなだめるように口調をやわらげた。でも――と、彼女は短い髪を無理やり耳にかけながら、慎重な口ぶりで続ける。

「店長さん、菜乃香さんにお兄さんがいること知ってるんですか？」

言われてちょっと、思考が止まる。

「……言ってない。そう言えば」

「誤解成立、です」

おごそかに判決を下されて、菜乃香は青ざめた。

「うそ！　あたしとんでもないこと言ったことになってる!?」

「大丈夫ですよ。相手は大人ですから、分かってると思います」

「美波ちゃん声弾んでるよ!?　なんで!?」

軽くパニックを起こす菜乃香を置いて、美波は駅に向かって軽やかに歩き始めた。少し早足で、うつむき加減で、右、左と順にくり出されるつま先を眺めながら、

「年上っていいですよねー」

木の葉が揺れるようにささやいた。

菜乃香はもうぐったりして、何の反論もできなかった。

でも、否定する気持ちは砂粒ひとつ分も起こらない。それは確かな事実だった。


市立図書館は、ここ数年の人口増のおかげか、格段にサービスがよくなった。

まず何がよくなったかといえば、開館時間が延びたことだ。菜乃香が子どもの頃は夕方六時には閉まっていたが、今は通常七時まで、水曜日に限っては八時まで延長してくれる。おかげで、補習漬けの進学校の生徒でも学校帰りに立ち寄ることができる。

菜乃香は、制服姿のまま図書館の自動ドアをくぐり抜けていた。

目指すは詩劇『ペール・ギュント』。

昨日はいろいろと動揺《どうよう》してまっすぐ家に帰ってしまったが、今日はしっかり気持ちを切り替え、参考文献を探しにやってきた。ネットで検索して、蔵書リストに入っていたことも確認済みだ。入館するなり一直線にカウンターに向かい、対応してくれた職員のお姉さんに本が置かれてある場所をたずねる。すると、

「この本は貸し出し中になっていますね」

手早く端末を操作したお姉さんが、顔をくもらせた。

「貸し出し中？」

「はい。あまり貸出履歴《りれき》のない本なんですが……今日借りた方がいらっしゃるみたいです。その方が早く返却されればいいんですが、そうでなければ返却は最大で二週間先になりますね。予約されますか？」

慰《なぐさ》めるように微苦笑され、菜乃香は迷うことなく「いえ」と首を振った。

（たぶん借りたの、ライさんだし……）

このタイミングなら間違いない。きっと店を開ける前に寄ったのだろう。考えることは同じだ。

「うう……」

結局類似《るいじ》の本も見つからず、手ぶらのままバス停のベンチに腰を下ろした菜乃香は、ローファーのかかとをタカタカ鳴らしながら悶《もだ》えた。

おとといまでの菜乃香だったら、このままボタン屋に直行しただろう。しかし昨日の今日ではライと顔を合わせづらい。向こうはなんとも思っていないかもしれない「妹はいや」発言だけれど、菜乃香にとっては取り返しのつかない大失態だったのだ。

「ああもう、なんか汗かいてきた。五月だもんね！　そりゃ暑いもんね！」

独り言を言いながら下敷きであおごうかと鞄《かばん》を開けると、スマホにメッセージが届いているのに気づいた。美波からだ。画面に、「お願いがあります」という冒頭の文章が表示されている。

「なんだろ」

にわかに緊張しながら開封すると、

『妹にボタンの話をしたら、妹も貝のボタンがいいって言うんです。同じボタンを買ってもらえませんか？』

とある。さらに、『妹は青が好きなんですが、青いのは最後の一個だったから、できたら今日のうちに確保してほしいです』とも。

「これホントぉ!?　昼間は何も言ってなかったじゃーん！」

思わず物言わぬ機械相手に反論してしまう。

もう発散されたはずの熱が、どこからともなく舞い戻ってくる。

「っていうか、五月だからね！　暑いからね！」

ひとりで言い訳しながら路線図の方へ背伸びして、菜乃香はいっぴん通り方面へ向かう便を探し始めた。頼まれたら嫌とは言えない、真面目《まじめ》な性分なのである。

（――それでどうして、今日に限ってお客さんいないかな……！）

バスに揺られておよそ二十分。つぼみボタン店の前である。

菜乃香はロビンとクレアがたわむれている窓からそっと中をのぞくなり、遠くを眺めたい気持ちになった。

いつもあんなに混みあっているのに、店内には噂《うわさ》のイケメン店主がひとりきりである。気まずい。しかも入店する前からライが気づいて手を振ってきたので、こっそり引き返すこともできない。また微熱が戻ってきたが、必死の作り笑いでボタン型のマットを踏んで入店した。

「こんにちはー……」

「いらっしゃい」

答えたライは、ひとまず、いつもの通りだった。

服装もいつも通り、シャツ姿。今日のシャツはアイスブルーで、白の下に青い色が透けたボタンがついていた。水色の糸で留められているところがさわやかである。

「どうしたの菜乃香、なんかテンション低いね？」

「そ、そんなことないですよおー？」

調子っぱずれな歌みたいに声がうわずった。手先は器用なのにこういうときはうまく対応できない。そんな自分がいやだ。

「そういえば、例の本、読んでみたよ。『ペール・ギュント』」

折よくライが話題を変えて、菜乃香もパッと表情を明るく変えた。

「やっぱりライさんだった！　あたし、さっき図書館に行ったんですよ」

「あ、そうだったんだ？　ごめん、無駄足させたな。おいで」

　手招きされて、レジ脇に出された丸椅子にすとんと腰を下ろすと、図書館のバーコードが貼られた本を渡された。その名もずばり『ペール・ギュント』。翻訳《ほんやく》ものなのでふつうに読めそうだが、小説のような形態ではなく、台本のように書かれているのでなんだか取っつきにくい印象だ。

　パラパラめくりながら、菜乃香は訊いた。

「どんな内容だったんですか？」

「ろくでなしの話だった」

「ろく、ろくでなし？」

　身《み》も蓋《ふた》もない言い方にびっくりしたが、ライは平然とうなずいた。

「主人公が人の花嫁を奪ったり、かと思ったらその花嫁から別の人に目移りしたり、その人すらも置いて旅に出たり……ファンタジーっぽいところもあって、わりととんでもない展開が続くんだ。それで――後半、主人公が死にそうになっているところにボタン職人が出て来る」

「ボタン職人！」

　思わず声をあげる。うなずいたライは、該当《がいとう》のページを探しながら、

「でもその職人は死神の使いなんだ。それで、行いのいい人間を天国に、極悪人を地獄に案内して、どちらでもない平平凡凡《へいへいぼんぼん》な人間を、溶かしてボタンにする」

――人間を溶かしてボタンに。

一瞬地獄の巨釜みたいなものを想像してしまって、ぞわりと肌が粟立《あわだ》った。

「なにその設定。怖いよ」

「まあ、ファンタジーだから」

軽く笑ったライは、「肝心《かんじん》なのは別のところ」と表情を改めた。

「あのカケルって人、今日も裏に現れたんだ」

「そうなの？」

「でも俺の顔見てすぐに逃げた」

「また？　前もそうでしたよね。ライさんと話し始めてすぐいなくなって」

優海のときもライに対する拒否反応が大きかったが、あれにはきちんと理由があった。大の男が、さほど歳《とし》も変わらない同性相手に何を思って逃げるのだろう。

「俺、考えてたんだけどさ」

ライが記憶をたぐり寄せるように目を細めた。

「彼、前はここがボタン屋だって分かったとたんに血相変えて逃げていったよな。『ペール・ギュント』じゃないって口走った以上はボタン職人のくだりも知ってて、俺のことをとっさにその職人だと思ったんじゃないかな」

「え～？　子どもなら本の影響を受けてそう思いこんじゃうかもしれないけど、大人ですよ？　ファンタジーの設定を本気にしますか？」

「ふつうだったらない、って、俺も言うな。でも彼はふつうじゃないから本気にした」

「ふつうそうに見えましたけど」

「裏に来る時点でふつうじゃないだろ。この世にいないかもしれないんだから」

すかさず返され、菜乃香は口をつぐんだ。

とっくに理解していることなのに、忘れかけていた。彼が迷子だということ。

「ひょっとすると、彼は自分が死んでしまったことを理解してたのかもしれない。だからボタン屋だと分かったとたんに死神を連想して逃げ出した」

「だとしたら、カケルさん、この本読んだことがあったのかな？」

「ありえない話じゃないけど、俺は音楽から入って原作を知ったくちだと思う。菜乃香が『ペール・ギュント』で検索かけたら、曲名ばっかり出てきたろ？　美波ちゃんみたいに、曲の背景を調べて原作まで読みこんだんじゃないかな」

「じゃあ音楽やってた人だ」

「たぶん。明らかに俺より年上だけど、会社勤めの雰囲気《ふんいき》じゃなかったしな。音楽で生計を立ててた人なのかも」

そう言われると納得してしまいそうな雰囲気だった。言動は軽いけれど見た目にチャラさのない彼。音楽家ならしっくりくる。「ミュージシャン」ではなく、「音楽家」だ。

「どんなボタン探してるのかな……。溶かされた恋人のボタンとか、親だった人のボタンとか、怖くて探せませんけど」

「だからそれファンタジーだって」

苦笑しつつ、ライもため息をついた。

「俺も早く送り出してあげたいんだけど、今日なんかあいさつもしないうちに出てったからな。探しものがなんなのか、手がかりすらつかめないんだよ」

うーんと、二人して唸《うな》り声をあげること、しばし。

菜乃香は唐突《とうとつ》にひらめいた。

「ライさん、そのボタン職人って、男の人だったんでしょう？　だからライさんだと逃げるんですよ。あたしだったら逃げないんじゃないかな？　天使とか、女神とか言うくらいだもん」

提案すると、ライはなぜか遅れて声が届いたみたいに、いくらか間を置いてから目をパシパシさせた。

「……いや、あれは口説《くど》き文句みたいなもんじゃ……」

「ないない！　カケルさん、リアルに思いこんだんですよ！　だからあたしがカケルさんを捕まえて、事情聴取します」

天命を得たとばかりに意気ごむ菜乃香に、ライはおもいきり渋い顔をした。

裏に巻きこみたくないと言い、カケルに対してもあまりいい印象を持っていない彼だ、不本意だろう。でも、他に手もないはずだ。

ライは軽く腕を組んでしばらく黙りこんだあと、細く嘆息《たんそく》した。

「……とりあえず、明日また考えてみよう」

「はい！　明日学校終わったら直行しますね！」

元気よく宣言して、菜乃香は店を後にした。

直後に美波に頼まれたボタンを買い忘れ、そう言えばライの本名を訊きそびれたままだということも思い出したが、ついぞ戻ろうという気にはならなかった。

どうせ明日も明後日も変わらずあの店に向かうのだと、分かっていたからだ。


つぼみボタン店の裏の店にやって来るのは、この世を離れつつある人。

今さら言われなくても分かっているその事実は、ときおり菜乃香を惑わせる。

いつ、どうして、どこで亡くなってしまったのか——あるいは息絶えようとしているのか。想像せずにはいられないのに、してしまうと胸が苦しくなる。

自分は、この世に戻ることができたからだ。

むろん、自分の力だけでどうにかできたことではないと思うけれど、ときどき、死の淵《ふち》からよみがえってしまった事実を後ろめたく感じてしまうことがある。戻らない人だっているこことを、知ってしまっているから。

だから菜乃香は、裏の店にも積極的に関わりたかった。偽善と呼ばれても、気休めでも、菜乃香がこの世に戻るまでにライにしてもらったことを、他の誰かにもしてあげたかった。

「お、今日は天使がいる」

その日バンブーチャイムが鳴ったとき、菜乃香はすでに裏の店の方にいた。作戦通りの待ち伏せだったが、そんなこととは気づきもしないカケルは、長い髪をさっと払い、「会いたかったよー」なんて言って、調子よく笑う。

「待ってました。どうぞ、座ってください」

菜乃香は早速スツールをすすめた。今日はおもての店から丸椅子を持ちこんで先に座っていたので、「じゃあ遠慮《えんりょ》なく」とカケルも素直に従った。座ってしまうと、「いいね、落ち着くね」と彼は機嫌よく言った。二度もここから逃げ出した実績があるとは、とうてい思えない余裕ぶりだった。

ついでに言えば、縁もゆかりもないはずのこの店に何度もたどり着いていることに、違和感はなさそうな様子だ。菜乃香もはじめて裏の店に来たときにはそうだったから、そういうものなのかもしれない。

「いやー、こんなかわいい子とおしゃべりできるとか、運がいいなあ」

カケルはカウンターに肘をつき、満面の笑みで言った。ライの忠言が効いているのか、今の菜乃香にはそのサービス満点なところがうさんくさく思えたが、へこんでいるときに会ったらビタミン剤くらいの癒《いや》しは感じるかもしれない。

菜乃香はお花みたいなセリフをすべて聞き流し、直球で勝負することにした。

「カケルさん、率直《そっちょく》に訊いていいですか」

「はいどーぞ、何でも答えるよ」

「カケルさん、音楽やってる人ですか?」

「うん、そうだけど……なんで分かったの?」

微笑《ほほえ》みの中に少しの戸惑いを混ぜながら問い返され、菜乃香は『ペール・ギュント』から探り当てた経緯をかいつまんで説明した。

カケルは「ああ……」と軽く前髪を払いつつ、苦い顔をした。取り乱して逃げたことを、自分の中では許せていないような表情だった。

菜乃香は、「大丈夫ですよ」と笑った。

「ライさんはカケルさんをボタンにしたりはしません。ここは忘れ物保管所なんです」

「忘れ物保管所?」

「はい! カケルさん、何か思い出のボタンとか、なくしたまま気になってるボタンとか、ありませんか？」

　一瞬、カケルが魂魄《こんぱく》を取られたように真顔になった。「あります？」と、期待して訊き促すと、彼は我に返ったようにくちびるだけで笑う。

「別に、ないな」

　──うそくさい。直感的に思ってそれとなく疑いの目を向けると、察したらしい、彼は「ああ！」と、わざとらしいほど声のトーンを上げ、

「そう言えば中学でも高校でも、卒業式ではボタン全部とられたな。思い出ってそれくらい？　なつかしいなー」

　やけに饒舌《じょうぜつ》に語りだす。しかもさりげなくモテ自慢だ。ホント調子いいなあ、と改めて思いながらも「すごーい」と持ち上げてみると、カケルはおもむろに髪をかきあげ、

「女性を魅了するのがぼくの仕事」

　と、決め顔で言った。

「……もしかして本当はホストですか」

「ち──違うよ！　バイオリニスト！　プロ！　オーストリアの楽団に入ってた！」

「あ、そ、そうなんですか。ごめんなさい……」

　わりと本気で疑ってしまったことを反省しつつ、改めて、バイオリニストとしてカケルを見た。──まあ、それっぽい。ノリはかなり軽いけれど、佇《たたず》まいだけなら品はあるし、

指は抜群《ばつぐん》にきれいだ。爪なんか特に、きっちり短くしてある。

「なになに？　菜乃香ちゃん、音楽に興味ある？」

カケルがカウンターの上に軽く身を乗り出した。菜乃香はやや肩を引いて、

「いえ、えーと、好きなことを仕事にするってことには興味あります」

「へー。菜乃香ちゃん、夢があるんだ？」

「夢というか、目標？　あたし、ファッション関係の仕事したいんです。裁縫《さいほう》、大好きで」

自分の服も作ったりするんですよーと、菜乃香はさっきまでとは違うテンションで語ったが、あまり興味がなかったのか、カケルは「へえ」と応えただけだった。気を持たせたくせにそんなふうで、ちょっと拍子抜けする。一応、彼の顔には笑みが貼りついているが、愛想笑いにしてもひどく中途半端で、水でうすめたお醤油《しょうゆ》みたいに、「それだったらなくてもいいよ」と言いたくなるようなものだったのだ。――別にいいんだけど。

「好きなことをして生きていくって、大変ですか？」

気を取り直して、菜乃香はたずねた。相手はめったに出会えない音楽家だ、いい機会だし訊いておこう、くらいの気持ちだった。「まあね」と、カケルが肩をすくめる。

「あ、あれですか。嫉妬《しっと》されて嫌がらせとか、足の引っ張り合いとか」

「そんなものならまだいいけど。――身内のしがらみが一番つらいよね」

カケルの声が、急に温度を下げた気がした。たぶん無自覚だろう。彼は菜乃香をとおりこして、遠くを見ている。

家族といざこざがあったんだろうか。

想像すると、心臓のあたりがじんと痛んだ。自分と似てるかも、と思うと、さらに鈍い痛みを感じた。

詳しく話を聞いてみたい。そう、菜乃香が思い始めたとき、

「──若者の夢を壊さないでください」

おもての店からライが現れた。いつでも介入できる手はずになってはいたが、このタイミングだとは思わずに菜乃香は目を丸くする。めずらしく不機嫌そうだから、なおびっくりした。

カケルが、ライの姿を認めておどけたように眉《まゆ》を上下させた。ライが死神の使いではないと分かったからだろうか、青い顔をして逃げだしたことが嘘のように、「出た、イケメン」と彼は好戦的に笑う。対するライも、笑顔だ。

「今日は逃げないでくださいね」

「逃げないから気を利《き》かせてくれないかな。かわいい女の子とのおしゃべりを楽しんでたの、見て分からない？」

「彼女は高校生ですよ」

「じゅうぶん大人じゃないか」

「節度ある大人は高校生には手を出したりはしませんが」

カウンターを挟んで男前が二人、笑顔で小さな火花を散らした。

どうせお子さまですよ、とひねたことを考えながら、菜乃香はそっと脇に下がり、ライがカケルの真正面に立つ。

「今彼女が言ったとおり、あなたの探しものをお手伝いさせていただきます。お探しのボタンがありますよね?」

「ないよ。ぜんぜん」

「でしたら思い出してください。必ずあるはずです。あなたの人生において特別に意味のあったボタン」

腕時計をつけたライの左手が、カウンターの上を軽くすべった。きれいに切りそろえられたカケルの指先が、カウンターの上でとん、とん、とリズムを刻む。もう冗談抜きの雰《ふん》囲気《いき》だ。ライも、カケルも、真っ直ぐにお互いを見ている。

どちらも真剣すぎて、菜乃香の方が不安になった。右と左、順に視線を動かしていると、そんな菜乃香に気づいたカケルが、紐《ひも》をほどくようにふっと笑う。

「――もう忘れたよ」

かたんとスツールの脚を鳴らし、カケルが立ち上がった。菜乃香もライも、反応はした。

だが、どうしてか何も言えないまま、カケルが外へ消えてしまうのをただ見ていた。背筋を伸ばしてつかつかと歩く姿は舞台上の演奏者そのもので、なんだか圧倒されてしまった。

「……行っちゃった」

バンブーチャイムの残響が消えるころ、ようやく菜乃香はひとこと絞《しぼ》り出した。止まっていた時間が動き出すように、ライも小刻みにまばたきし始める。緊張していたのか、肩が弛緩《しかん》したのが目に見えて分かった。

「わりと頑固というか……難しそうな人だな。人懐っこいように見えて意外と自分の内側には入れさせてくれないっていうか。まあ、菜乃香が調子崩してくれたおかげでポロッとしゃべったこともあったけど」

「あ、バイオリニストってことですか？」

「そう。それにオーストリアの楽団にいたってことも。向こうは音楽の本場だよな。日本人なら、わりとめずらしいはず。検索で引っかかるかもしれない」

「やってみます！」

雲間から光がさしたような気分で早速スマホを駆使して調べると、さして労も要さず彼の正体に行き着いた。

「ありました！　バイオリニスト三條翔琉《さんじょうかける》！　一応ホームページありますよ！」

そのページに飛んでいって、まず目に入ってきたのはバイオリンを片手に微笑むカケルの写真だ。間違いない。

「略歴ありますよ。日本の音大を出てウィーンに留学、ヴィクトール交響楽団ってとこに所属して……あれ？　一年で日本に帰ってきてますね。そのあとは、ツバキ本舗交響楽団首席……って、日本のオーケストラでコンサートマスターだったたってこと？」

「企業のオーケストラかな。その企業に勤めてる社員が働きながらやってる……学校でいうところの部活とか、サークルみたいな感じ？」

「へえー、そういうのあるんだ」

いったん検索画面に戻って他のサイトを見てみる。

ヴィクトール交響楽団の日本公演についてのウェブニュースを見つけた。オーケストラの全体写真と、「凱旋《がいせん》公演」の文字を冠したカケルの写真が載せられている。ぴしっと着こんだ黒服が、さすがに決まっていた。金ぴかのボタンもカッコよくて。

（……ん？　金ボタン？）

そこに目がいってしまったのは、服飾アンテナの感度が良好な菜乃香ならではのことだったかもしれない。

ふつう、オーケストラと言えば男性は黒の燕尾服《えんびふく》、女性は白いブラウスに黒いロングスカートで、統一感こそあるけれど、まったくおそろいの服を着ているイメージはない。けれど、この楽団は全員が同じ服を着用しているように見えたのだ。

（画像小さいからはっきり見えないけど……同じだよね？）

よくよく目を凝《こ》らす。上着の構造も色も、一見燕尾服とよく似ているが、誰の服にも黄色っぽいボタンがついている。ふつうの燕尾服なら目立たない黒のボタンが選ばれるはずだ。あえてそろえてあるとしか思えない。

「もしかして、制服……？」

画像を拡大してみたが、元の写真が小さいせいで細部までは確認できなかった。ボタンも、こうなると黄色い点にしか見えない。

「どうしたの」

ライがうなる菜乃香の手元をのぞきこんできた。これ、と画像を見せつつ発見したことを報告すると、ライも菜乃香と同じように目を細めて、

「制服か……。この画像からは判別できないけど……調べてみる価値はありそうかな。本場の楽団をやめて日本の企業の楽団に入ったってことは、何かしらの理由で挫折《ざせつ》したか、事情があって諦めなきゃいけなかったんだろうし」

菜乃香もまったく同意だ。まだ社会に出たことのない学生の身でも、すべての音楽家が思い通りに暮らしていける世の中だとは思っていない。

「カケルさん、オーストリアの楽団の方に未練があったのかも。明らかに日本の方が活動期間が長いのに、オーストリアのことしか言わなかったですもん」

「となるとその楽団の制服がぜん怪しいよな」

「ですよね」

葛藤《かっとう》しながらも脱がざるを得なかった大切な制服――と考えると、話に聞くだけで胸にくさびを打たれたような気持ちになる。当人だったら、どれほどの想いを抱えるだろうか。

「……でもこれじゃあ、ボタンのデザインは分からないですよね」

一応ヴィクトール交響楽団で検索をかけてみたが、出てくる画像は舞台上の演奏風景ばかりだ。着ているものはどれも同じだと確認できたが、とてもボタンの意匠《いしょう》まで明らかにはできない。

ふむ、とライがひと息ついた。

「こういうときは海外に強い人に頼んでみよう」

ライは菜乃香にスマホを返すと、レジ下にしゃがみこんで何か探し始めた。最近分かってきたことだが、ライは、実は整頓《せいとん》するのが苦手らしい。お客の目に入る場所は別にしても、レジ下の棚《たな》はけっこう雑然としていて、今も、伝票の束や鍵《かぎ》なんかをかきわけて黒いスマホを取り出してきた。自分のものらしい。素早く操作した後、彼はさっとそれを耳に当てる。

「あ、キミちゃん？　俺――」

――キミちゃん？

軽快に話し始めたライに、菜乃香の目は知らず吸いよせられていた。

どうも電話の相手は女の人らしい。その事実がまったく予想外だった。

「――そう、調べてほしいんだ。キミちゃんそういうの得意でしょ？」

誰だろう。お客に対する「感じのよさ」とは全然違う、すっかり気を許した話し方だった。相手とはそれなりに付き合いがあるのか、「そこをどうにか、お願い」なんて、あまえたような口調で言うライを見たのは、はじめてだ。

心がざわざわした。

ここでしか会わない人だから、この店を出た後にどこでどう生活しているか、想像したこともなかった。そう言えば、フルネームも聞けないままでいる。女性客を惹《ひ》きつけているのは知っているのに、カノジョいるかも、なんて当たり前のことも考えつかなかった。

「分かった、今度おごるから――え？　それじゃ足りないって……そこまでくると欲張りじゃない？」

ライが苦笑した。交換条件を突きつけられたようだが、どうしてか困っているようには見えなかった。

急に、盗み聞きをしているような後ろめたさを感じた。消えたくなる。帰ろうかな。

居心地の悪さに耐え切れず、菜乃香はそそくさと身支度《みじたく》を整えた。楽団の情報を伝え始めたライの前で「帰ります」と書いたメモを振って見せ、ぺこりと頭を下げる。

「あ、菜乃香」

気づいたライに呼び止められたが、一度にっこりするだけにしておいた。

「気をつけて」

そう言い添えて笑ったライが、再び電話に集中する。店の外で一度ちらっと振り返ると、仲良く並ぶロビンとクレアの向こうで、ライが小さく手を振ってくれた。

そうやって、どんなに忙しくても気にかけてくれるところは好きだなあと思う。

でもこのボタン屋店主がやさしいのは、菜乃香が「未成年」の「客」だからだ。

知っている。


「――おかき食べる？」

昼休み、お弁当のあとでジッパー付きの袋をものものしく取り出すと、美波とルイがそろって目をぱちくりさせた。

「なんでまたおかき？」

「しかもすごく、たくさんですね」

「う、うん。例のボタン屋さんの前におかき屋さんがあるのね。美味《おい》しくて買っちゃうんだけど、諸事情あって買いすぎちゃって……」

お茶を濁《にご》したが、結局のところはライの店に行こうとして途中でくじけ、ハマさんのお店に駆けこんだ――ということを何回かくり返したというだけだ。

真っ直ぐライのところに行けなかったのは、「キミちゃん」のことが気になるから。訊けばいいだけだと思って出かけるのに、ボタンの看板が見えるとたちまち覇気《はき》もしぼむのである。

「ボタン屋さんかー。あたしも行ってみたーい。店長イケメンなんだよね、見たいよー」

「そういうノリのお客さんでいっぱいだから、けっこう疲れるよ」

「菜乃香さんは違うじゃないですかっ」

美波が鼻息も荒く言う。さっきまで静かにルイの部活の愚痴《ぐち》を聞いていたのに、急にスイッチが入った感じだ。クールに見えて実は恋バナとか好きなタイプなんだろうか。

あいにく今はきゃあきゃあ言えるようなテンションではない。

菜乃香は両手で頬杖《ほおづえ》ついて黙っていたが、美波はおかまいなしに目を輝かせ、

「店長さん、菜乃香さんのことすっごくかわいがってますよね。見てて分かります。『ペール・ギュント』の話してたときとか、もう、入りこめない感じで！」

「えーなに、ナノちゃんイケメン店長と付き合ってるの⁉」

「ないない」

力なく否定したが、すっかりエンジンのかかった美波がこのあいだのことを熱っぽく語

り出したので、ルイも菜乃香の声をまったく聞いてくれなかった。

軽くため息をついたあと、右手を伸ばしてスマホをいじる。

ボタン屋から足が遠のいて、三日だ。

カケルさんのボタンのこと、なにか分かったかな――と思いながら、なんとなく三條翔琉のホームページを呼び出すと、ブログの欄《らん》に「ＮＥＷ」と書かれた小さな吹き出しが点滅していた。驚いて、すぐさまそこに飛ぶ。

見ると、カケルの親族から、という形でメッセージが掲載されていた。彼がひと月前に急逝《きゅうせい》したことと、家族葬ですでに送り出したこと、末尾に謝辞《しゃじ》が添えられていた。

愕然《がくぜん》とする。

彼が「生きて」いないことは最初から分かっていたが、店に出たり入ったりしているから、彼は帰れる人なんだと思っていた。菜乃香と同じだったから、当たり前のように思いこんでいた。

でも、葬儀が済んだとなると彼の戻る道は完全になくなっている。

カケルはもう「帰れない」。

――彼は自分が死んでいることを理解しているのかもしれない。

ライが言っていたことを思い出す。カケルがボタン職人を恐れたことも。

「……今日、行かなきゃ」

菜乃香はつぶやいた。もはや小さいことにこだわっている場合ではなかったのだ。


放課後、ボタン屋に行くと、運よくお客がいなかった。

すぐにライにブログのことを知らせると、「知ってる」と彼は目を伏せた。

「あれを見て、早く送り出してあげたいと思った。戻れないならなおさらね」

「はい。あたしも、できることやります。ボタンは？　あれからなにか分かりましたか」

「うん。こないだ頼んでた人が今日結果を知らせに来てくれるよ。そろそろ来ると思う」

「そ、そうなんですか……？」

しまった、タイミング間違えたかも。

菜乃香は頭痛をこらえるように額をさする。ここで「キミちゃん」と遭遇《そうぐう》するのは、なんというか——しんどい。

遅く来ればよかった。いっそ裏に入らせてもらおうか。一瞬でいろいろと考えたが、店の電話が鳴ってライがそちらの対応を始めたら、何も言いだせないまますっかり立ち往生《おうじょう》してしまった。

仕方なく、いつものようにボタンを見て回る。

そう言えば彼氏とおそろいのパスケースが欲しいと言っていた子がいて、まったく同じボタンにするか、同じ形の色違いにするか、決めかねていたのだ。四角いボタンも個性的でいいよね——などと考えながら、壜《びん》のひとつを手に取って眺める。

と、そこにお客が入ってきた。

ウインドチャイムの音に反応して目を向けると、男性客がひとり、戸口で佇んでいる。

（……なんか変な人来た）

菜乃香は率直《そっちょく》にそう思った。

ひとまず男性というだけでめずらしいが、ライよりいくつか年上風のその人は、やたらと体格がよかった。背丈はライと変わらないけれど、彼は身体《からだ》が厚いのだ。首なんか、柔道選手みたいにしっかりしている。

かと言ってスポーツマンのようにさわやかな印象かと言えばそうではなく、彫りの深い顔にはきれいに整えられたあごひげが。髪は後ろで縛《しば》ってしまえるほどで、ぴったりとしたレザーのベストにかなりのこだわりが感じられるけれど、一見して会社員などではないなと分かる。

（なんなんだろう）

入店してきたわりにボタンに興味はないのか、彼は商品棚の間をうろうろしながらも確実に菜乃香を見ていた。さすがに不審だ。菜乃香は自然とわいてきた警戒心を尊重して、常に相手との距離が埋まらないように気を配りながら店内をかに歩きで移動した。

とりあえず、ライのそばにいれば大丈夫な気がする。

と、ライの電話が終わった。顔を上げた彼の目が、そばにいた菜乃香を素通りして謎の男性客に向いた。

「キミちゃんごめん」

（――キミちゃん⁉）

菜乃香は目を見開いて彼の視線の向く先を追った。ライはカウンターを出て、「いーや。別にいいけど」と、渋い声で答えるあごひげの男性客に笑みを向けている。

この人が「キミちゃん」。まさかの「キミちゃん」。本当に「キミちゃん」？

鐘の残響のようにくり返していると、ライが、今度は菜乃香に目を向けた。

「菜乃香、この人、キミちゃん。近くで別の店やってて、ときどき店番してもらったりしてる。いとこなんだ」

ああ、と菜乃香は思い出す。ライに半強制的にハマさんのおかき屋さんに預けられたあの日、店番を頼んだ相手だ。背が高いというところ以外ライに似ているところはないけれど、この人が、そのいとこ。

「どうも、加瀬谷《かせや》です」

やけに陽気なあいさつと一緒に、名刺を渡された。『アンティーク雑貨&カフェ　BON』の文字と、加瀬谷公隆《きみたか》という名前、店の連絡先などが書かれている。

「キミちゃんはアンティーク雑貨の店をやってるんだ。ガラクタを商品に変える天才」

「目利《めき》きって言ってほしいなぁ」

「実際集めて来るのは本物のガラクタでしょ」

そう、本人には厳しいことを言う一方で、「キミちゃんは世界中から買い付けしてるから、いろんなところにツテを持ってるんだ」と、ライはどこか自慢げに説明する。なるほど、だから彼に調べものを頼んだのだ。

納得していると、今度は菜乃香が紹介される番だった。

「キミちゃん。この子、菜乃香。うちの一番の常連さん」

「あ、皆月菜乃香です。いつもライさんにお世話になってます」

急いで頭を下げると、彼は片頬をつり上げるようににんまりした。

「イイねえ。正しい女子高生だわ。オレ、ギャルっぽい子より全然好き」

「……キミちゃん、セクハラぎりぎり」

「え、褒《ほ》めてんだけど」

「自覚ないのがダメなんだって」

ライが自然体で笑う。そりゃあ相手は昔から——それこそ生まれた頃から知っているだろう人だ。気をつかうわけがない。

ここ数日菜乃香の胸にもやもやと漂っていたものが、強風に吹き飛ばされたようにさっぱりした。あまりにあっさり解決したせいか、ライが「セクハラぎりぎり」と断じた彼のセリフも少しも気にならなかった。

「で、キミちゃん。本題の方は？」

ライが風向きを変えると、公隆は得意げな顔でＡ４用紙が入るサイズの茶封筒をちらつかせた。しかし「ありがと」と、早速ライが手を出すと、指が触れる寸前でサッと封筒を遠ざけ、まるで「意地悪」の見本を描いたような大げさな表情で、

「ただではやんねーよ？」

「知ってるよ。だからごはんおごるってば」

「足りないなー。ってわけで、ボタンよこせ。裏の倉庫に眠ってるだろ？　値打ちもののアンティークボタン」

悪者みたいににんまり笑う公隆に、ライが思いきり渋い顔をした。

「あっちのボタンはダメだっていつも言ってるでしょ。あれはじいちゃんの宝物だから」

「またそれかよ。持ってても何の役にも立たねえだろ。金に換えて孫らでうまいもんでも食った方が、じいちゃんも喜ぶって」

「絶対ダメ」

まるで、盗賊《とうぞく》と宝物庫の番人を見ているようだった。いとこ同士なのにこの感覚の違いは何だろう。公隆の商人根性がたくましすぎるのか――もしくは、公隆は裏の店のボタン

が預かりものだということを知らないのだろうか。考えていると、

「じゃあカノジョ貸して」

いきなり水を向けられて、菜乃香は「はい⁉」と反射的に背筋を伸ばした。「なんで菜乃香?」と、ライが怖い顔をする。この種類の表情を見るのは初めてだ。いろんな意味でドキドキしたが、公隆は飛んで来る弓矢すら跳ね返すような勢いで「ハッ」と笑って、

「だってズルいじゃんよ。ライ坊ばっかり若い娘と戯《たわむ》れるとか」

「いや、意味分かんないって」

「オレも女子高生と交流したいんだよ！」

果たして彼はいくつなんだろう。公隆は何ら恥じらうことなく堂々と言ってのけた。

はぁ――とライが疲れたように肩から大きなため息をつき、菜乃香はなんか、笑ってしまった。ここまであけっぴろげに言われると、不快に思うどころかむしろ面白い。

「キミちゃん、そろそろ奥さんに言いつけるよ」

「だいじょーぶだいじょーぶ。嫁さんには言ってきた。てか、嫁さんから先に言い出した」

いよいよ不審そうに眉《まゆ》をしかめるライを素通りし、公隆が菜乃香に目を向けた。

「ライ坊に聞いた。裁縫《さいほう》上手の女子高生ってキミだろ」

「え、あ、たぶん……」

　ライに目配せすると、彼は警戒しながらもうなずいた。どうやら二人の間で話題に上ったことがあるらしい。

「作って欲しいものがあるんだよな。頼まれてくれねえ？　材料費は全額こっちで持つし、なんなら手間賃も出す」

「キミちゃん。菜乃香は受験生だからあんまり負担——」

「やります！」

「マジか！　よし！　交渉成立！」

　さえぎるライを差し置き、直接交渉、即決。「アンティークのコルセットを破格値で仕入れたんだけどさ、単品で飾ると浮くんだわ。なんか見栄えの良くなる服作ってくれないかな」、「見せるようにするんですか？　コルセット、下着ですけど」、「黒くて模様入ってるからアウターでもイケんじゃないかと。ゴスロリ風とか」、「じゃあけっこうフリフリで？」、「デザインは任せるけど、装飾は少なめがいい。展示するのに場所とりすぎても困るし」、「じゃあシルエット細めですね。パニエもない方がいいかな……。一回見せてもらっていいですか、そのコルセット」、「もちろん！」と、二人の間でとんとん拍子に話が進む。

「待って待って」

　さすがにライが割って入ってきた。

「キミちゃん、やりすぎ。菜乃香もちゃんと考えないとあとあと困るだろ？　今のは撤回《てっかい》。もう一回話し合おう」

「撤回するならこの封筒灰にすっけど？」

「撤回を撤回で！　それあたしにください！」

すかさず挙手すると、「女子高生は素直でいいなー。はいよ」と、大事な茶封筒が菜乃香の手に渡った。心底愉快そうに意地悪するこの人、そうとうな曲者《くせもの》だと思う。ライがぐったりしている。

「菜乃香……のせられちゃダメだって」

「まあまあ、手がかりつかめる方が大事じゃないですか」

アハハと笑ってみせてから、菜乃香は早速封筒の中身をカウンターの上に広げた。外国語がずらずら連なる紙が、数枚でてきた。メールとか、ホームページを印刷してきたような感じだが、あいにく英語ではなさそうだ。一文たりとも理解ができない。

「画像なんかは見つからなかったんだけどな、情報はそこそこ集まった」

それまで全力でふざけていた公隆が、いくらか大人の顔になった。ライに挑発的な目を向けて、

「ライ坊。そのヴィクトール交響楽団の金ボタン、運よく手に入ったってんならオレが四倍の値にして売ってやるよ。お宝級の超レアもんだ」

「そうなの？」

驚くライに、公隆は深い相槌《あいづち》を返す。

「まずヴィクトール交響楽団ってのが創立二〇〇年を超える歴史ある楽団だ。日本じゃ知名度は低いけどな。地元じゃ名の知れた楽団らしい。で、ご推察の通り、制服がある。向こうの楽団にしちゃあめずらしいことだ」

菜乃香はうんうんとうなずいた。

あれから少し勉強したのだが、交響楽団の団員は、公演のドレスコードに合わせて衣装を変えるものらしい。また、エキストラとして他の楽団の演奏会に出ることもあるので、決まった服を持つよりも貸衣装を利用した方が何かと便利なようだ。

「軍楽隊ならいざ知らず、オケの制服ったらそれ自体がレア。しかもボタンは金張り、団員が入れ替わるごとに回収して、新しい団員の制服につけかえるっていうから、壊れでもしない限り外に出ることがない。つまりコレクター垂涎《すいぜん》のお宝ってわけ。出すとこ出せば怖いくらいの高値がつくぜえ」

公隆の目の奥で炎が揺らぐ。アンティークショップ経営者の商魂がビシビシ刺激されたようだが、ライは「残念だけど」とにべもなく水を差した。

「ボタンはむしろこっちが探してるんだ。デザイン分かる？」

「あーん？　探すって、無謀《むぼう》だ。カンタンに手に入るもんじゃない」

「いいんだよ、ないならないで。でも探す努力はしないと」

これは嘘だな、と菜乃香は思った。ボタンはきっと裏の店のどこかにある。ライは手掛かりを聞きだしたいだけだ。

「デザインねえ」

公隆が、広げた外国文字の文書の中から一枚を拾い上げた。

「画像は見つからなかったが、情報は手に入ってる」

「どんな？」

「ヴィクトール交響楽団ってのが、そもそもヴィクトールっていう名前の金持ちのじいさんが作った楽団らしいんだよな。ボタンには、そのじいさんの横顔が彫ってある。さっきも言ったが金張り。サイズははっきり分かんないけど、標準的なジャケットボタンのサイズだろう。——報告は以上だが、質問は？」

「その横顔って、右向き？　左向き？」

「さあ？　現物を拝《おが》めてないんで何とも言えないが——」

ふふん、と、公隆は面白そうに笑った。

「——西洋コインに彫られた人の顔は、だいたい向かって右に鼻があるもんだ」

「ありがとう。それだけでじゅうぶんだよ」

ライが破顔した。菜乃香も頬《ほお》をゆるませた。「お役に立ててなによりで」と気取った公隆が、「じゃーな、菜乃香ちゃん」とごきげんで帰って行く。ちりん、というウインドチャイムの音が虚空にとけて消えると、ライが真っ直ぐ裏の店に向かった。菜乃香も急いで後を追った。

「ライさん。すごいですね、キミさんって。的確な情報ばっかりでしたよ！」

「人生の半分は遊んでるような人だけどね。俺はこの世で一番信頼してる」

さっきまでさんざん振り回されていたのに、ライは笑顔でいとこを語った。さゅんとした。ライの大事な宝物を見せてもらったみたいで、うれしかった。

実際、ライは公隆が持ってきた情報を全面的に信じていて、裏の店に入るなりひとつの引き出しを選んで手をかけ、ぴかぴか光る金ボタンの山を出してきた。

菜乃香も公隆の情報を信じ、一緒に探すことにした。ライのことを信頼しているから迷わなかった。高齢の、西洋人の、男性の横顔が描かれた、金色のボタン。条件はかなり絞《しぼ》られるから、ひとつひとつ確認していけばすぐに見つかるはずだ。二人ならもっと早い。

「さすがにかっこいいボタンばっかり」

絵柄を見ては引き出しに戻す、という作業をくり返しながら、菜乃香はしみじみ言った。

蔓《つる》に囲われた王冠、一点で交わる三本のつるはし、盾と双頭の獅子《しし》、ティアラをかぶった貴婦人の横顔——金ボタンは重厚な雰囲気《ふんいき》のものが多い。「メタルボタンは国家機関の制服に使われることが多いからだよ」とライは言う。なるほど、権威の象徴のようなものだ。

「あ――」

ふいに、ライが手を止めた。拾いそこねて、倒れたコマのようにくるりと回ったメタルボタン。老人の横顔だ。鼻先が菜乃香の右手の方を向いていて、下にアルファベットが並んでいる。何語かはさておき、なんとなく読める。『ヴィクトール』と。

「ライさん、これですよ！」

「うん。でも……シャンクが折れてるな」

シャンクは別名「脚」ともいう。穴が空いていないボタンを生地に縫《ぬ》いつけるため、裏側についている輪のことだ。これが折れているともはやボタンとしての機能は果たせない。だから、彼は継承されるはずのボタンを持ち出せたのだ。

「これがカケルさんの忘れ物ってこと？」

「だといいね。あとは本人に確認してもらうしかない」

はい――とうなずいてみたものの、優海のときほどの歓喜を感じられなかった。カケルが、もう帰れない人だと分かってしまっているからだ。

彼には「帰る」ための身体《からだ》がない。ボタンを返したら送り出すだけだ。戻れないと分かっている道に、あえて導かなくてはいけない。ある意味この世から追い出すようでもある。

そう思うと、ボタンを返すことに意味があるのか、いやでも考えてしまう。

心に残ったボタンはない、と、断言されたからなおさらだ。

このまま返してしまっていいのだろうか――。

「それよりよかったの、菜乃香」

目的のものをよけ、他のボタンを引き出しにしまったライが、ちらっとこちらを見た。

菜乃香は物思いから立ち返り、首をかしげる。

「よかったって?」

「服だよ。作る暇あるの?」

「ああ……まあ、大丈夫だと思います。……手縫いになっちゃうんで、時間はかかるけど」

ごにょごにょと語尾を誤魔化《ごまか》しながら答えたが、ライはつぶさに反応した。

「手縫い?　ミシンは?　壊れた?」

「いえ、その……実は処分されちゃって。入院してる間に」

できるだけ深刻にならないように伝えようとしたら、逆に変なふうに声が揺らいだ。まるで涙声みたいに聞こえて、慌てて「あはっ」と軽快な笑い声をつけ加えておく。

「仕方ないですよね。あれがなければ道踏み外さなかったはずだって、親なら思いますもん。買い直すようなお金もないし……」

だから最近は、手縫いでも難なくこなせる小物づくりに情熱を注いでいて、大物はもっぱら学校の被服室に持ちこみ、ミシンをかけている。公隆に頼まれた服も、できる限り学校でやりつつ、あとは手縫いでがんばるしかない。

数拍、店がしんとした。

「ご両親はまだ応援してくれないんだ？」

水の粒がひとつ落ちるようにライがつぶやき、菜乃香はうなだれるように首を折った。

「もう期待してませんよ。だから……カケルさんが言ったこと、すごく刺さった。身内のしがらみがつらいって。あたし、すごい分かる」

言いながら、ネガティブ沼に足を取られそうになっているのに気づいて、菜乃香は「大丈夫！」と自分を鼓舞した。「なんとかなります！」と。

ミシンはなくても、針と糸があれば何だってできる。家族の協力や理解がなくたって、気持ちがあれば何でもできちゃうのだ。そう、自分に言い聞かせるのだ。

ひとりで強がっていると、不意打ちに頭をなでられた。とっさにあおいだライはやさしい顔で、

「キミちゃんに頼んでミシンを借りよう。確か奥さんが持ってたはず。ここで使えばいい。帰りが遅くならないのが大前提だけど」

「……うん」

菜乃香は、素直に首を振っていた。どうも頭をなでられると心の中の淀《よど》んだものが消えてしまうようだ。ネガティブどころか変な気負いまでなくなった。

「ありがとう、ライさん。それから、ごめんなさい。勝手なことして」

改まって伝えると、ライは「まあ、いいよ」と苦笑した。

「俺は菜乃香ががんばるところを見てたいから」


——新しいものを作り始めるとき、ずっと前まではわくわくしていられた。

今は少しだけ怖いと思う。出来上がったものを、認めてもらえないことが増えたから。

だから、ほんの小さなパスケースでも、美波やルイ、クラスの女の子たちが喜んでくれたのはうれしかった。作ってよかったと思えた。

こういう感覚、忘れたくない。

「あれ、菜乃香ちゃん。なんかやってる」

再びカケルが姿を見せたのは、金ボタンを見つけてから五日後だった。

菜乃香はライの提案どおり公隆にミシンを借り、裏の店で作業に入っていて、カケルが来たときはちょうどスカートのラインをチェックしているところだった。

「おー、すごいね。ちゃんと服の形してる」

もうすっかり居慣れた感じでスツールに腰かけたカケルは、お世辞《せじ》というようでもなく感心した。この前はファッションなんて興味なさそうだったが、真っ黒のスカートをぴら

ぴらしたり、ひっくり返したりしながら、「うん」とかみしめるようにうなずき、

「大丈夫なんじゃないの。本職でもイケるよ、これ」

「あはは、ありがとうございます。でも全然勉強が足りないですよ。すっごい我流《がりゅう》で」

ちなみに、公隆から見せてもらったのが黒のコルセットで、かなりクラシカルなデザインだったから、当初提案されたとおりゴスロリ風で製作する計画だ。パターンを起こす時間も技術もないので型紙の載った本を買い、ひとまずベースを作っているところ。裾《すそ》にフリルをつけたり、刺繍《ししゅう》を施《ほどこ》してオリジナリティを出す予定だ。

と、そういうことを説明すると、「その歳《とし》で自分で考えてやってるだけで十分、十分」とカケルは太鼓判《たいこばん》を押した。そして、ひょっとすると聞き流してしまいそうなくらい自然に、

「あーあ、生きてたら菜乃香ちゃんに衣装作ってもらうんだった」

と、彼は髪をかきつつぼやくように言った。

菜乃香は、指を針で刺したみたいにぴくっとした。

(生きてたら……)

反芻《はんすう》すると、しばらく言葉が出なかった。どう返していいか分からなかった。

察したらしい、カケルがふっと笑う。

「そんな深刻な顔しなくてもいいよ。とっくに現実を受け入れてる」

言われて、彼と目を合わせる。カケルは、逃げることなくまっすぐ見返してきた。あまりに堂々としているから、反対に菜乃香の方がひるんで、こくんとつばを飲みこむ。

「……カケルさん。もう自分が生きてないって、分かってるんですか」

「これでもわりと空気読む方だからね。分かる分かる。体壊してたし」

やけになっているようでもなく、あきらめたようでもなく、彼は笑う。なんだか自然体のように感じられた。そう言えば、今日のカケルは一度も軽薄さを見せていない。

菜乃香は、おもてへ続く扉をかえりみた。ライを呼びたいと思ったが、ついさっきウインドチャイムの音がしたばかりだ。きっとお客がいるだろう。

決意して、菜乃香はカウンターにのせていたものを端の方によけた。ここは自分が、きっちり対応するのだ。姿勢を正して、深呼吸する。

「カケルさん。前にも言いましたけど、ここはボタン屋さんで、忘れ物保管所です。その、亡くなった人なんかの忘れ物が、残ってるんです。ときどき、取りに来る人がいて」

「僕も導かれちゃったんでしょ？」

「たぶん。ボタン……これ、カケルさんのでしょう？」

勝手に出していいもの迷ったが、このタイミングははずせなかった。ライがやわらかい布に包んで別にしておいた金ボタンを、そっとカケルの前に差し出す。

とたん、「うっわ、懐かしい！」と、彼は歓声をあげた。

「ヴィクトールの金ボタン！　まさかと思ったけど本当にあるんだ、すごいな！」

　カケルは童心に返ったようにはしゃぎながら、「やばい、泣きそう」と、よろこび全開にボタンをつまみ上げた。

「なくしちゃってたんですか、そのボタン」

「うん……ていうか、捨てられちゃったんだよ。未練がましいってね」

　未練、の言葉に引っかかって、菜乃香はそっと問いかけた。

「やっぱりオーストリアの方が好きでした？　ホームページでカケルさんの経歴とか見て、そうなのかなって思ったんですけど」

「もちろんそうさ。音楽の都。僕の憧れが詰まったとこ。最高だった」

　オペラ歌手のように劇的に、カケルは金ボタンを高く掲げた。音楽についても、オーストリアについても全然詳しくないけれど、彼が言うとそうなんだろうな、という気がしてくるから不思議だ。

「どうして日本に帰ってきたのか、とか、訊いてもいいですか？」

「うん。別に、面白くもないけど。大人の事情ってやつ？」

　カケルはうすく笑った。「頭にくるよな」と、泣き出しそうにして笑った。

「うち、代々会社やっててさ。親父《おやじ》は早く死んじゃって、おふくろが継いでたんだ。でも全然、うまくいってなかったらしくて、ついに同業他社に吸収合併《がっぺい》されることになって」

はーあ、と、カケルはわざとらしいため息をついた。

「そこまでは別にどうでもよかったんだ。でも、合併先の会社が楽団を持ってたんだよな。活動資金が削《けず》りに削られて、廃止寸前のオケ。そこに僕が入るのが、うちの会社にダメージが少ない合併をする条件――ってことになってた。本当のところは知らないけど」

カケルは冗談半分だったが、それでも、菜乃香はとうてい納得できなかった。

「経営とか全然分かんないですけど、そんな条件ありですか？　企業のオーケストラって、結局アマチュアでしょう？　合併とかに絡むくらい大事？」

「先方の社長の娘さんが音楽にご執心《しゅうしん》だったんだよ。ハーピストで、正直うまくなかったけど、音楽が好きすぎてオケは絶対に死守したかったらしい。それで、僕を社員として雇うからオケを頼むって。ま、早い話が客寄せの看板になれってこと。そこそこ実績もあるし、昔から顔だけは褒《ほ》められたからね、僕。看板向きでしょ」

「でもそれ失礼！　カケルさんはプロの演奏家なのに！」

音楽の世界に詳しいわけではないけれど、プロとアマチュアでは、存在意義も、目指すものも、まったく違うはずだ。

カケルが眉《まゆ》をひそめて、それでも微笑《ほほえ》んだ。

「そこが分かってくれる人だと良かったんだけどなあ。とびきり美人だったけど、致命的に世間知らずだったんだよ、その社長令嬢。僕がちょっと調子のいいこと言ったら舞い上がっちゃって、僕と結婚するとか言いだすくらい」

「え、したんですか⁉」

「しないよ！　僕はさっさとオケを盛り返してオーストリアに戻るつもりだったし」

カケルが、手の中の金ボタンを握りしめた。そう、早く帰りたかった――と、見ていて分かるほど、強くこぶしを握りしめる。

「戻れる約束だったんですね、オーストリアに」

「そうだよ。一日も早く帰りたくて、必死だったね」

カケルの舌がなめらかになってきたことを察知して、菜乃香はよけいな口は挟まず、相《あい》槌《づち》を打つだけにした。そうすると、彼は意外なくらい自分のことを語り始めた。

「とりえず観客増やさなきゃダメだと思って、とにかく知り合いを増やしたんだよね。学生オケの指導に走り回って演奏会があるときは見に来てもらったり、女性客を呼びこむために顔のいいヤツを集めてイベントでミニコンサートとかやったりね。下手《へた》なヤツも我慢《とと》して使って、僕も、どんどん前に出た。自分の腕が鈍らないようにプロの楽団の助《すけ》っ人にも行ったし。それで昼はやったことないデスクワークだ。ひどかったー」

冗談めかしてカケルは話を締めくくったが、本当は笑いごとではすまなかったのだ。だから彼はここにいる。

いたたまれない気持ちで、菜乃香は訊いた。

「無理してたの、誰も止めなかったんですか？　その……ご家族とか」

「全然。おふくろはさっさと引退したし、姉たちは家庭がある、子どもがいるっていってノータッチ。──ま、それまで好きなことやらせてもらってたし、いいんだけど」

「……よかったんですか？　本当に？　自分の夢、置いてけぼりで？」

「んーまあ、それなりに考えることはあったけど──って待って待って、菜乃香ちゃんなんで泣きそうなの。女の子泣かすとか、僕の信義に反するんだけど！」

「な、泣いてないです！　ぎりぎり、大丈夫です！」

慌ててとりつくろったが、正直共感しすぎてうるっときていた。ミシンを取り上げられて、隠れて裁縫《さいほう》する今の自分にはカケルの話が耳に痛すぎた。

「──菜乃香、大丈夫？」

おもての方からライが顔を出した。お客が帰ったのか、一度通りの様子をうかがってからこちらの方に入ってくる。

カケルが、気まずげに肩を引いた。

「いたの、イケメン店長。しかも盗み聞き？　人が悪いなあ」

「すみません。俺が相手じゃそこまで話さないだろうと思って」

「話さないよ。僕が癒《いや》されるのは音楽と女性だけだし、癒したいのは主に女性だ」

今日はじめてカケルが調子のいいことを言った。でも、これまでとは聞こえ方が違う。

彼のあまったるい言葉が、演奏を聴いてもらうためのひとつの道具なのだと分かったからかもしれない。

なんでもいいですけど、と、呆《あき》れたように言ったライが、傍《かたわ》らの菜乃香に目を留める。小さく笑って、「はい」と何か押しつけてきた。茶色地にベージュのラインが入った、ハンカチだった。菜乃香の事情が分かっているこの人には、菜乃香の目が氾濫《はんらん》を起こしそうなことくらい、とっくにお見通しなのだ。それはそれで、泣けてくるのだけど。

「あー。イケメン店長、女の子泣かした」

「俺じゃないですよ。しいて言うならあなたのせいです」

「はあ？　僕？」

「そうです。この子は将来のことをきちんと考えているんですけど、あまり、周りに歓迎されていないんです。だから、あなたが抱えてきたもどかしさや歯がゆさが分かるんです」

「や、ぜんぜん、レベル違いますけど……でも、分かりますよ」

きれいにアイロンがけされたハンカチを握りしめて、意地で涙をこぼさず断言した。

消えかけの線香花火のように、カケルの顔から感情が消えていく。

肩の力も抜けたようだ。スツールの上で全身から息を吐き尽くして、握った手を開いて、金ボタンを転がして、

「そっか」

カケルはつぶやいた。吐息交じりに、「そっか……」とくり返した。

菜乃香は、そっとハンカチを目に押し当てた。

切なかった。

なんでこう、がんばろうとしている人がうまくいかないんだろう。

「菜乃香ちゃん」

「は、はい」

急に呼びかけられて、菜乃香は背筋を伸ばした。

「ファッション関係の仕事したいって言ってたよね」

話の向きが大きく変わって、菜乃香は戸惑いながらもうなずく。

「自分が何をするのが幸せなのか、ちゃんと理解してから将来を決めるといいよ」

人生の先輩からの貴重なご意見、と、芝居《しばい》じみた口調で彼は続ける。

「たとえば僕は音大出身で、周りは音楽で食べていきたいやつばかりだった。でも、演奏家になるやつばっかりじゃなかった。音楽教師、音楽雑誌のライター、デジタルの世界で勝負するやつも、楽器メーカーに就職するやつもいた。わりきって会社員やりながら市民オケをやってるやつもいる。――僕は、その点どこで何をやっても演奏家だった。ビルの中でデスクワークしながらでも、頭の中では音符を追いかけてた。だから、日本に戻ってからは毎日つらかったんだよ。体壊すくらい」

　僕みたいになるなよ、と、カケルは軽快に言った。菜乃香に気負わせないくらいの真剣さで、テンポよく、

「縫製《ほうせい》工場でミシン踏んでいれば幸せなのか。服を売っていれば幸せなのか。自分のデザインした服をみんなが着ていれば幸せなのか。誰かのための一着を作ることが幸せなのか。早めに気づいておくと、きっとこの先迷わない。——分かった？」

「——はい」

　菜乃香はうなずいた。カケルが口にする言葉のひとつひとつが、砂漠に降る雨みたいに貴重なものだと感じる。かみしめるように、もう一度うなずいた。

「たぶん、一生忘れないと思います」

「一生か。光栄だな。——よし、忘れないようにおまじないをかけてあげよう」

「おまじない？」

　訊き返したときには、カケルの顔が間近に迫っていた。

　待ってこれほっぺにキスされる——と察知したところで首根っこを引っ張られ、たたらを踏む。直後にごんと後頭部が衝突したのはライの肩だ。空振りしたカケルが、「店長、無粋《ぶすい》」と、笑顔でライをにらみ、同じようにライもカケルをにらみ返す。

「セクハラでしょ」

「お別れのあいさつなんだけど？」

悪びれないカケルは、「まあいっか」と肩をすくめ、改めて金ボタンを握った。

「しょうがないから紳士にいこう。二人とも、お元気で」

リサイタルを終えた演奏家みたいに、カケルは胸に手を当てお辞儀《じぎ》をする。

二重にびっくりしていた菜乃香は、何も用意できていないままとっさに、「カケルさん」と呼びかけていた。ん――と、彼は戸口で振り返ったけれど、彼に贈るにふさわしいが言葉が出てこなくて、

「ありがとうございました」

菜乃香は何のひねりもない言葉とともに頭を下げた。

「こちらこそ、ありがとう」

カケルは笑った。

「最後に菜乃香ちゃんに出会えたから、僕は『ペール・ギュント』にならずにすんだよ」

「――え？」

その意味を理解するより先に、カケルは軽く手をあげ、扉の向こうに出て行った。

「カケルさん？」

呼びかけたが、返事はなかった。

彼がまた来ることはないだろう。ドアはもう、閉まっている。

「……ライさん、今のどういう意味？　よく分からなかった。ボタンにされなくてよかったとか、そんなことじゃないですよね？」

焦って訊く。自分で勝手に思いこんで、間違えたくない。

うん、とライがうなずいた。

「本物の『ペール・ギュント』もボタンにはなってないよ。でも、たぶん――」

ライは淡々と語ってくれた。

彼がろくでなしと評価した『ペール・ギュント』は、物語の終盤、ボタン職人に「自分はボタンにされるような中庸《ちゅうよう》な人間ではない」と訴えて、それを証明するべくこれまで出会った人々に会いに行く。けれど、彼の人生が意義あるものだと証明してくれる人を見つけられないまま、彼は静かに息絶えてしまう――。

「無意味な人生だと思うのが嫌だったんだよ、彼は。もしかしたら店に出入りしながら、『ペール・ギュント』みたいに自分の存在意義を探してたのかもしれない。見つかったかどうかは分からないけど、自分で感じてきたことを菜乃香に伝えて、菜乃香が一生忘れないって言ったから、満足したんじゃないかな。菜乃香のおかげだ」

「あたしの……？」

本当にそうだろうか。菜乃香の方が励《はげ》まされたようなものだったのに。

カケルが去った扉を見つめ、しんみりとする。

この裏の店の役割と存在意義について、改めて真正面から向き合っていると、

「それはそうと菜乃香さん？」

急に声色を変えて、ライが大仰《おおぎょう》に腕組みした。

目を向けると、なぜだろう、さっきのカケルみたいに、きらきらの笑顔でものすごくにらまれた。本能的に怯《ひる》んでしまう。

「な、なんですか、ライさん」

「なんですか、じゃないだろ。俺言ったよな、隙《すき》見せちゃダメだって」

わざとなのかどうなのか、叱《しか》るようにそんなことを言われたら、別れの物悲しさも薄れるというものだ。

別にぼうっとしてたわけじゃないし。向こうはあいさつのつもりだし。セクハラだとか騒ぐほどでもないし——と、ぶちぶち反論すると、ピンと額を弾かれた。

「お兄さん心配」

「だからあたしは——」

妹じゃないってば。言おうとして、つまった。危ない。また同じ轍《てつ》を踏むところだった。

「あたしは、なに？」

「な——なんでもないですっ。もう、キミさんの宿題やるからあっち行ってください。ほら、ちりんていってる！　お客さん、来ましたよ！」

「なに、菜乃香なんか冷たくない？」

ぶつくさ言いながら、ライがおもてへ帰っていく。

しんとする裏の店。寂しくてスマホを取り出した。何か音楽を、と思って適当に検索しようとすると、履歴《りれき》からカケルのホームページに飛んでいった。また更新されていて、動画がいくつかアップされていた。彼が所属していた企業オケの、演奏会の動画だった。

再生する。指揮者に一番近いところで、カケルがバイオリンを弾いていた。知らない曲だ。たくさんの音が混じっていて、素人《しろうと》の耳にはどれがカケルの音かなんて、分かりようもなかった。それでも、聴くことにした。

よし、と、気合を入れて、縫《ぬ》いかけの生地をたぐり寄せる。

動き出す小さなミシン。

ざくざく縫い進む太い針は、その日いつまでも止まらなかった。

第四章　六月七日のリューバスボタン

リューバスボタン

絵や文字を組み合わせてまったく違う
文章を作る言葉遊び
「リューバス」を取り入れたボタン。

皆月菜乃香《みなづきなのか》はイライラしていた。ムカムカして、むしゃくしゃして、虫歯がうずいているような顔で人もまばらな商店街を進んでいた。

ここ数日降り続いている雨が、また気分を重くしていた。梅雨《つゆ》なんか、早く終わってしまえばいいのに。

ブルーと白のひさしの下で傘《かさ》をたたんで、ちょっとレトロな『つぼみボタン店』の看板の下の傘立てに放りこむ。この鉛《なまり》色の空の下でもウインドチャイムの音は軽快で、心にさやかな清涼感を運んでくる。店いっぱいに並んでいるボタンをぐるりと見回すと、菜乃香の胸に台風のごとく渦巻《うずま》いていたものが、半分ほど勢力を落としたように感じた。

「こんにちはー」

いつも通りにあいさつしながら入店したら、休日なのに店内はめずらしく無人だった。さらにめずらしいことにレジも無人だ。裏の店に来客だろうか——と、きょろきょろしながら奥に進んでいくと、

「あ、菜乃香」

バックヤードから店主が顔を出した。「いらっしゃい」と、いつもどおりに笑いかけられると、それだけで菜乃香の心はすっかり満たされる。イライラ、ムカムカは一瞬で消え、ちょっと崩れすぎじゃないかと思うくらい目尻が下がってしまう。

「裏、使う？　もうすぐ完成だろ、キミちゃんの宿題」

ライは、バックヤードから持ち出してきた茶封筒をレジカウンターに置きつつ、裏の店に続く扉を細く開いた。菜乃香が提げてきたビニールバッグの中には、公隆《きみたか》から出された宿題――コルセットに合わせるために製作中の服が入っていて、ライの言うとおり、出来上がりも近い。本当ならがぜんやる気を出してラストスパート、といきたいところなのだが、今、どうもうまく火がつきそうにない。それどころか、消えたはずの心のもやがどこからともなくよみがえってくるような気さえする。

「……なんかあった？」

急にライが声のトーンを落とすから、菜乃香は驚いて顔を上げた。なんで分かったの、という疑問が分かりやすくおもてに出てしまっていたのか、ライがくすくす笑う。

「さっき店の外歩いてるとき、おなかが空いてる怪獣みたいな顔してた」

「ええッ、あたし？　怪獣？　そんなふうに見えました⁉」

焦って顔をなで回す。気が立っていたのは確かだが、そんなひどい顔をしていただろうか。しかもそれを見られていたなんて。今日は何から何までツイていない。

「どうしたの。話してごらん」

ため息をつくと、ライがそう促した。そうやって年上ぶった口の利《き》き方をされるのは好きではないが、結局いつも折れてばかりだ。今日も菜乃香は早々と敗北して、

「お母さんと喧嘩《けんか》したんです。遅くまで縫い物してるの見つかって、早く寝なさいって言

われてカチンときて。ミシン取り上げるから時間がかかってるのに、なにそれって、反論したら怒られて、ミシン返してって言っても怒られて、らちが明かないんです」

「相変わらず苦労してるなあ」

「ホントですよ」

「――でも寝不足はよくないな。ちゃんと寝ないと」

同調されても釘を刺されるところはしっかり刺され、菜乃香はしぶしぶうなずいた。でも、ミシンがあればそもそも夜更かししなくてもいいのだから、やっぱり心の奥底にくすぶるものが残ってしまう。我慢するか、目をつぶるか、押し殺すしかないものだけれど。

せっかくボタン屋に来たのに、ブルーな気持ちで床の木目に視線を落とす。寝不足も相まって、今日はあまりはかどりそうじゃない。

見かねたのか、ライが「仕方ないな」とつぶやいた。

「本当はお楽しみにとっておこうと思ったけど――今日の菜乃香のご機嫌を優先しようえ――と、目をまたたいているうち、ライがレジ下の棚《たな》に手を突っこんで、何かを探し始めた。例によって散らかっているらしい、なかなか見つからないのかしゃがんで中をのぞきだす。「あ、あったあった」と、膝を伸ばした彼の手には、小さな箱が握られていた。

サイズ的に、婚約指輪でも入っていそうな箱だった。小さいけれど、光沢《こうたく》のある包装紙でぴしっと包まれ、ふわりと赤いリボンがかけられている。

「なんですか、それ。誰かにプレゼント？」

「そう。菜乃香に」

真っ赤なリボンをすいと目の前に差し出されて、菜乃香はきょとんした。ほんの短いライの言葉が、徐々に頭にしみてくる。

「——え。ええっ。あたしにって、なんで⁉」

遠くで上がった花火みたいに、ずいぶん遅れて声が出た。「なんでって」とライが笑う。

「もうすぐ誕生日だろ？　六月七日」

「覚えてたの⁉」

「だって露骨に名前に出てる」

それはそうだが、そんな話になったのは菜乃香が最初に店にやってきたとき——十カ月は前のことだし、祝われる以前に、覚えていることすらそもそも期待していなかった。

「菜乃香には裏の店も手伝ってもらってばっかりだったからね。お礼も兼ねて」

いつもありがとう、と改めて差し出された小箱を、菜乃香は信じられない気持ちで受け取った。思った以上に軽かった箱を、両手で慎重に包みこむ。あまりに夢みたいで、うっかりするとふわふわ飛んで行ってしまいそうな気がしたのだ。

「ありがとう……ありがとう、ライさん」

「そんな、泣きそうな顔するほどたいそうなものじゃないんだけど」

ライは苦笑するが、菜乃香は「そんなことない」と大きく首を振る。たとえ箱の中身が空《から》っぽでも全然悔《くや》しくない。それくらい、今、とても感動している。

と、そこに、

「――おーおー、ライ坊がいたいけな少女をたぶらかしてるぞー」

少々粗《あら》っぽい声が乱入してきた。ちゃりんちゃりんと、ふだんあまり聞かないような豪快なチャイムの音を響かせる、あごひげの来訪者。ライのいとこ、加瀬谷《かせや》公隆である。

「キミちゃん、なにその悪意たっぷりの言い方」

ライが不服そうに彼を迎え、菜乃香は小箱を胸に抱いて「こんにちは」とあいさつする。彼にとっては年下のいとこににらまれるなんて、風に吹かれるくらいささいなことらしい。公隆は「やーどうも」と笑顔で言いながら店の中まで入ってきた。

「キミさん、どうしたんですか？　今お店やってる時間ですよね？　お休みですか？」

「いーや。なんか今から外に出るってんで、呼びつけられたんだよ。なー、ライ坊」

「いちおう丁重にお願いしたつもりなんだけど」

ちょっと拗《す》ねたように言うライに、「どこか行くんですか」と菜乃香は訊いた。

「荷物を出しにね。どうしても明日届くようにして欲しいって注文が入ってるから」

ライの店は、店舗《てんぽ》はもちろん、ネット通販の方も上々のようだ。いつも暗くなったころにネット販売分の事務処理を始めるのだが、見ていると、平日でもコンスタントに注文が入っているのが分かる。店舗対応と併《あわ》せるとそうとう忙しいと思う。

「じゃ、さっそく行ってきます。キミちゃん、しばらくよろしく」

「はいよ。気ぃつけてー」

公隆が軽く手をあげると、一分の時間すら惜しいように、ライはさっき持ち出してきた封筒を片手に店を出た。青い傘がウインドウを横切るのも、実に早かった。

ライのいない店というのはなんだかさびしいが、手の中の小箱を意識すると、簡単にうれしさで上書きされるから人の心は単純だ。ふふー、なんて、勝手に笑いだしてしまう。

「菜乃香ちゃん、それなに。ライ坊にもらったんだろ？」

「日頃のお礼と誕生日プレゼントですって。すっごいサプライズです」

「へー。何もらったよ？　おじさんすげー気になる」

何でしょうね——と答えながら、箱を振ってみた。コロコロとした感触があった。さすがに指輪だとは思わないけれど、軽いながらもそれなりに硬度のあるもののようだ。

「開けてみれば？」

「はい！　あ——でもキミさんはまだ見ちゃダメです。あたしが先」

ちょっとしたこだわりを主張すると、公隆は「はいはい、オレ向こうむいてっから」と、素直に背中を見せた。

改めて、リボンのかかった小さな箱と対面する。

どきどきした。指先なんか、震えそうだ。でもこの感覚は嫌いじゃない。むしろ大事にしたくて、もう一度小箱を胸に抱きしめた。

「開けたかーい？」

公隆の声がかかり、菜乃香は我に返った。「まだ、待って」と牽制《けんせい》しながら、リボンの端をつまむ。ひとおもいにリボンを解いた。破らないようにやさしく包装紙の合わせ目を外し、箱の形を残したまま包みをレジカウンターの上に置く。

箱のふたを開ける段になると、いよいよ緊張した。

指輪はありえなくても、ブローチくらいならあるかもしれない。これだけ仰々《ぎょうぎょう》しくて消しゴムとかだったら逆に一生記憶に残りそうだ。いいや、中身が何なんてどうでもいい。ライが菜乃香のために選んでくれたものなら、なんでも特別になる。

「――あ、ボタン……」

ふたを開けた瞬間、くちびるから声がこぼれた。

狭い小箱の中、宝石みたいに赤いベルベット地に沈んでいるのは、白いボタンだ。碁石《ごいし》みたいにつるっとした、五〇〇円玉大のボタンで、振ってしまったからひっくり返ったらしい。背中が上を向いている。裏側に掘られた溝《みぞ》に糸を通す、トンネル足のボタンだった。

「なに、ボタン一個だ？　なんだよ、ライ坊のやつ。もっと気の利《き》いたものあるだろー」

気に食わなかったのか、公隆が菜乃香の肩越しに箱の中をのぞきこんできた。

「あたしはなんでもうれしいですよ」

「いやいや、ボタンにしたっていろいろあるだろ。カットスチールのキラキラしたやつとか、チェコガラスのきれいなやつとか。女子が好きそうなもんいっぱい持ってるはずだぞ」

　意外に女子目線を理解している公隆がおかしくて、菜乃香は笑いながらボタンをひっくり返した。とたん、笑いもなにも引っこんで、「わ……！」と感嘆《かんたん》の声がもれる。

白いボタンの表面には、茶色いインクで時計のデザインが施《ほどこ》されていたのだ。

「すごい、お洒落《しゃれ》」

　思わずボタンをつまみ上げる。文字盤には六時と十二時、三時と九時の位置にだけローマ数字が書かれていて、槍のような形をした針は長短とも八時の方向でほぼ重なっている。縁取りには、途中に星の印と蹄鉄《ていてつ》の絵が混じったアルファベットの文字列。文章かと思って読もうとしたが、発音が思い浮かばないくらいよく分からない文字の並び方をしている。

「──おっと、これリューバスか？」

　さっきまでさんざんこき下ろしていたくせに、ここに来て公隆がボタンに何かを見出《みいだ》したようだった。曲者《くせもの》が急ににやにやし始めて、菜乃香は少々警戒する。

「キミさん、リューバスって、なんですか？」

「んーそうだな。日本語で言うと判じ物。文字とか絵を組み合わせて文章を作る、一種の言葉遊びみたいなもん。英語にも多いし、大昔のフランスではやったんだ。リューバスを描いたアンティークの皿とか、見たことある。ま、そのボタンはたぶん現代モノだけど」

　そうだろうと菜乃香も思った。円の形もきれいだし、表面はなめらか。文字や絵にもかすれはない。文字の書体や雰囲気《ふんいき》はアンティーク調だが、どう見ても新品だ。

「……これ、そのリューバス？　なんですか？」

　言われなければアンティーク調のお洒落なボタンだ。それこそブローチとか、チャームにして持ち歩くにはうってつけの。しかし公隆は自信を持って「うむ」と肯定する。

「ボタンの世界にもあるんだよ。リューバスボタンって。それみたいに、記号、音符、文字、絵、何でも織《お》り交ぜてメッセージを作り上げる。そんで――」

　なぜかそこで、公隆はもったいつけるように声を潜めた。

「――大昔のフランスでは、バレンタインに愛のメッセージを隠して贈ったらしい」

「へぇえっ⁉」

　声がひっくり返った。一度ボタンに目を落とす。雰囲気だけは抜群《ばつぐん》の、お洒落なボタン。ぶるぶる、と、勝手に首が振れた。

「い――いや、いやいやいや、バレンタインじゃないですし！」

「おいおい、十代女子ー。こんな意味深なデザインなんだ、何かあると思えよー」

　茶化されて、「で、でも」と、さっきまでと全然違う動悸《どうき》に襲われながらボタンを見つめる。八時のあたりで重なる針と、解読不能の文字列と、星の印と蹄鉄。今のところ分かるのは、蹄鉄が幸運のお守りだということくらいだ。

この文字の中に何かメッセージが隠れているのだろうか。――本当に？

「キ、キミさん、何が書いてあるんですか、これ」

オロオロして、菜乃香はボタンを押しつけた。今頼れるのは公隆しかいない。だが、その公隆は「さあ」とあっさり袖にして、

「もし本場のリューバスボタンならフランス語だ、オレ全然分かんねえ」

「あたしだって分かんないですよ、フランス語なんて！」

「じゃあライ坊に直接訊きゃいいよ。駅前の郵便局に行っただけだし、すぐ帰って来る」

「えええええ、それは無理。無理です！　そんな度胸ない！」

「じゃあ自分で考えなきゃなー」

公隆は笑いながら菜乃香を突き放した。完全に楽しんでいる顔だが、菜乃香には食い下がる余裕も、腹を立てる余裕もなかった。

しばらくボタンを見つめ、スマホを取り出す。こんな嵐の真っただ中みたいな頭で、ひとりで答えが出せるとは思えない。急いで美波《みなみ》とルイに救援のメールを送った。

「かわいいなー、女子高生」

公隆の軽口に、赤くなりながらもただただ黙るしかない菜乃香である。

「おお、秘密の暗号！」

　ほどなくファミレスに集合して、事情を――バレンタインのくだりをのぞいて――話すと、ルイも美波もいっきにテーブルの上に乗り出した。美波なんか、「年上の男の人から！　プレゼント！」と、リューバス以前のところで盛り上がっている。

「菜乃香さん、絶対解きましょう！　店長さんの想いがこもってるはずですから！」

「やろやろー！　なんかわくわくするー」

「う、うん。ありがと」

　なんだか秘密の日記を見せているみたいでひどく恥ずかしいのだが、美波もルイも、けっこう本気で付き合ってくれそうなのでありがたい話だ。

　ドリンクバーでしっかり飲み物を準備して、ベルベットに沈んだボタンをテーブルの真ん中に置き、三人してうーんと唸《うな》る。

「怪しいのはやっぱりこの英文字ですよね」

「あたしもそう思ったんだけど、どこから読んでも分かんないんだよね」

　縁に円を描くように書かれた文字を、十二時の位置を起点として、星をそのまま星の形、蹄鉄を黒丸に変換して表すと、「ＩＨＳ★ＹＫＣＵＬＹＡＭ●ＮＯＥＮ」と書いてある。

「時計の針がさしてるところが始まりじゃない?」

と、ルイが指摘したが、そこを起点に読み始めても、「●NOENIHS★YKCULYAM」という具合だ。どちらも意味は通じない。

「とりあえずアルファベットの並び方が英語っぽくはないんだよね。全然発音が浮かばないし。フランス語かなって思うけど、分かんないの」

「というか、母音《ぼいん》と子音《しいん》の並び方が変じゃありませんか? どこの国の言葉でも、アルファベットを使っていれば基本的に文字の組み合わせ方は共通してると思うんですけど」

美波の指摘に、菜乃香はうなずき、同意する。確かに、前にヴィクトール交響楽団のボタンを見たときに思った。あれはドイツ語で書かれていたようだが、なんとなくでも読むことができたのだ。

「そもそもそのまま読むんじゃないのかな。一個飛ばしに読むとか、たぬき言葉みたいな法則があるとか?」

「そうかもしれませんね」

美波と二人でメモを取り出し書いたり消したりしていると、いつの間にかスマホを取り出していたルイが、「ねえねえ」と画面を突き出してきた。

「判じ物は絵を言葉に直せって書いてあるよー。星と蹄鉄を文字にしたらどう?」

「えー、でもそれ、何語で?」

「ここはやっぱり英語じゃないでしょうか。店長さんが菜乃香さんに分からない言葉でメッセージを送るわけがないです」

「……いや、メッセージがあるかどうかも怪しくなってきたけど……」

菜乃香の自信はなくなりつつあったが、美波はせっせとボタンに描かれた文字列をメモ帳に書き写し、絵を言葉に訳した。星と蹄鉄。二つの絵を英語に直すと「STAR」と「HORSESHOE」。文中に組みこむと、十二時の位置から読み始めて「IHSSTARYKCULYAMHORSESHOENOEN」となる。

「なんか……ますますメチャクチャになったね」

「いいえ！　別のところから読むと熱い愛の言葉が眠っているはずです！」

美波が躍起《やっき》になって右に左にメモを傾け、解読に臨《のぞ》む。ルイがドリンクのおかわりをとりに行き、菜乃香はちょっと、小休憩。頬杖《ほおづえ》ついて、窓の外を眺める。

まだまだ雨が降りやまない。行きかう傘《かさ》の花がきれいだ。

「菜乃香さん、休んでる暇はないですよ。菜乃香さんのためのメッセージなんですからっ」

サボる菜乃香に気づいた美波が、ビシッと指を突きつけてきた。

「うーん……。でも、正直愛のメッセージとか、ありえないと思うしなー……」

「どうしてですか。店長さん、菜乃香さんのことすごく大事にしてるじゃないですか」

「……それは、なんでか分かんないけど……恋愛対象じゃないのは確かだもん。高校生には手を出さないって、断言してたし」

すねたように告白すると、美波は「店長さん、紳士……！」と指を組み合わせて感動した。ダメだ、この子には何を言ってもポジティブにしか解釈してくれない。

ため息をつくと、美波はあわてたように顔色を改め、こほんと咳払《せきばら》いをして、

「……でも菜乃香さん。真面目《まじめ》な話、そうやってちゃんと線を引いているから、こういう面倒くさいものをプレゼントしたんじゃありません？　分かりにくい方法でも、伝えたくてしょうがないからこういう方法でメッセージを送るんじゃ……」

——そうだろうか。

ライはやさしい。ときどき厳しくて、意地が悪いが、菜乃香が心底嫌なことはしない。でもそれは菜乃香に限ったことではなくて、彼はお客には誰だって親切だ。ライの店に女性客が殺到するのも、彼がそういう人だから。そういうふうに、振る舞うからだ。

これは、カケルと出会って学んだことだった。大人は、仕事をするうえでは自分自身も商品で、ライも、その点で自分をちゃんと磨《みが》いていた。その結果が、「親切丁寧《ていねい》」に現れているだけだ。菜乃香が特別なんじゃない。

「……それでも、くれた……」

布の上からボタンをつまみ、少し高いところに掲げてみる。

特別な存在じゃなくても、こんなふうに手のこんだことをしてまで菜乃香に伝えたいことがあるんだろうか。

「――ん？」

突然である。菜乃香は、なんとなく眺めていたボタンの中にちょっとした違和感を覚えた。すぐに確証が持てなかったのは、「それ」があまり見慣れないものだからで、「どうしました？」と首を傾《かし》げた美波に、確認のためにボタンを突き出す。

「美波ちゃん、これ、この時計、ちょっと変」

「変？　どこがですか？」

「文字盤。反対になってる」

あまり使うこともないローマ数字だし、アルファベットの文字にばかり気を取られていたから見落としていたが、ボタンの中の時計は、ⅢとⅨが、一般的な時計とは逆に配置されている。美波がハッと、大きな口を開けた。

「もしかして、反時計回りに文字を読めってことですか。わたし時計回りに読んでました」

「あたしも。ふつうそう読んじゃうよ」

急いでメモに連ねた文字を逆に追ってみる。だが、「ＳＴＡＲ」と「ＨＯＲＳＥＳＨＯＥ」を時計回りにはめこんでしまっているので、やはりちんぷんかんぷんだ。

「もう、これ書きなおしましょ！」

と、美波がメモ帳を一枚めくって書き始めたときだった。

「美波ー、向こうの席に妹いたよ。ゆうちゃん」

ドリンクバーから戻ってきたルイが、「ほら」と、後ろを指さした。「あ、お姉ちゃん」と手を振って近づいてくる女の子。菜乃香は、目の前の難題をいったん忘れて相好を崩した。懐かしい。裏の店から送り出した、江田優海《えだゆうみ》だ。

「ゆう、いたの」

美波が腰を上げ、「うん」と優海が笑った。菜乃香も思わず「優海ちゃん！」と声を掛けそうになったが、寸前で思いとどまった。彼女が裏のボタン屋での出来事を覚えていないことは、すでに美波から遠回しに聞いている。少しくらい、という期待を持ってはいたが、やっぱり覚えていないようだ。

「はじめまして、江田優海です」

美波に紹介された菜乃香に、優海はちょっと緊張したような顔で頭を下げたのだ。

「ゆう、菜乃香さんがパスケースを作ってくれた人だよ」

「あ、そうなの？　ありがとうございました！　すごく気に入ってます！」

ほがらかに笑う優海は、裏の店で会ったときとまるで変わらない気がした。菜乃香にしてみれば少し寂しい現実だが、彼女が今元気でいるのだから、贅沢《ぜいたく》は言えない。

後遺症はないだろうか。水原《みずはら》くんとはどうなっただろう。

訊きたくても訊けないことがあふれてくる。菜乃香と再会したときのライも、こんな気持ちだったのだろうか。

（……それにしても、優海ちゃん、やっぱり胸大きいよ）

ここでそれに着目するのはどうかと自分でも思うのだが、どうしても目がいってしまう。優海が裏の店に来ることになった発端《ほったん》である、彼女の豊かすぎる胸。Tシャツにプリントされた「I♥U」の文字が、これでもか、というくらいに強調されている。

「お姉ちゃん、何やってるの？　宿題？」

妹の相手もそこそこに、再びアルファベットを書き連ねる美波。「今すっごく忙しいの」と言いながら、ボタンに書かれた文字を反時計回りに並べていく。十二時の位置から「HINEONHORSESHOEMAYLUCKYSTARS」。切れ目を意識すると、少しずつ言葉が見えてきた。中学生でも分かる英単語だ。けれど、文章として読もうとすると何かおかしい。

「なんか、もうひとつ届かない感じ……？」

「はい……」

美波と二人してメモをにらむ。どちらも必死で、テーブルに食い入るようだったが、来たばかりの優海はともかく、ルイはのんびりしたものだった。あざやかな緑のメロンソーダにストローをつっこみ、静かに吸い上げて、目だけをボタンに向けている。

あ、と、ルイの口からストローが外れたのは、しばらくしたあとだった。

「もしかして、蹄鉄《ていてつ》って『HORSESHOE』じゃなくて『U』なんじゃ？」

いっせいに顔を上げ、きょとんとする菜乃香と美波に、ほら、と、ルイが優海のTシャツを指さす。白地に黒と赤で、「I♥U」と書かれている。よく見るものだから「アイ・ラブ・ユー」と簡単に読んでしまうが、なるほど、よく考えるとこれも一応リューバスだ。

「蹄鉄が『U』で『YOU』を表すんなら、あたし意味分かるかも」

グラスを置いて、ルイが美波のメモとペンを取り上げる。ラッキーチャームにときどき書いてあるよ、と言いながら、彼女が書き連ねた文章。

MAY LUCKY STAR SHINE ON YOU.

「幸せの星が輝きますように」

ガタン、と、菜乃香は荒々しく音を鳴らして立ち上がった。ルイが、美波が、優海がぎょっとする中で、菜乃香は何かに導かれるように宣言する。

「——あたし、ボタン屋行く」

リューバスボタンとバッグをひっつかみ、「お金明日払うから！」と言い残して、菜乃香は傘をさすのももどかしく、ファミレスを飛び出した。

じっとりと重い空気が街を包んでいる。雨脚は強く、アスファルトには水が跳ね、道行く人は、誰もが身体《からだ》を小さくして傘の中に納まっている。

菜乃香は、走りたかった。傘なんかかなぐり捨てて、全速力で走っていきたかった。けれど後遺症の残る脚は思うほどうまくは動いてくれなくて、気持ちだけが仔犬のように前に前に駆けていく。

やがて、行きたい場所が近づいてくる。

ほんの二、三カ月前までまったく知らないところだったいっぴん通り。白とブルーの日よけに視点を定めて、窓辺で戯《たわむ》れるロビンとクレアに目をやって、傘を置いて扉を押してウインドチャイムを派手に鳴らして、

「ライさん――」

息を切らせて店に飛びこむと、「どうしたの」と、ライが目を丸くしてかけよってきた。ひょっとすると、何かあったのかと心配したのかもしれない。目元がやや強張《こわば》っていた。

菜乃香は崩れるように笑った。

「ありがとうございます。って、言いに来ました」

ライの顔から表情が抜け落ちる。

「……ありがとう?　って、え?　なにが?」

「これ。このボタン」

明らかに困惑しているライに、ずっと握りしめていたボタンを手のひらごと突き出す。

ああ、と、ライの頬《ほお》がやわらかく動いた。

「開けたんだ？　気に入ってもらえた？」

「うん。すっごく――感動しちゃった」

再びライが真顔になった。なんでだろう、と、少し疑問に思っていると、

「…………まさか、もう、解読、した？」

二拍も三拍も遅れて訊き返されて、菜乃香はこっくりうなずいた。「幸せの星が輝きますように」。口にすると、ライはなぜだか頭痛をこらえるように、大きな手のひらで目元をおおった。どこからともなく、「早いよ……」という隙間風《すきまかぜ》のような声が聞こえてくる。

ええと、と、菜乃香はなんとなく姿勢を正した。

メッセージを正しく解釈できたのだ。結果は花丸なはずなのに、ライのこのリアクションはなんなのだ。喜ぶなら分かるにしても、たぶん、おそらく、菜乃香の勘違いでなければ――彼は照れている。照れるのは、こっちだというのに。

「も、もおー、ライさんなんなのー！　自分で贈っておきながら！」

突如猛烈に恥ずかしくなって、菜乃香はライの背中をバシンとやった。

「いやだって、早すぎだって。なんで分かったの」

「あたしひとりじゃなかったもん。美波ちゃんとルイちゃんが協力してくれた。あと優海ちゃんも。――ていうか、意味分からないですよ。すっごく素敵なメッセージなのに気づ

いちゃ困るなんて、あたしどうしたらいいの？」

「えーと……うん、菜乃香ががんばれればそれでいいよ、俺」

長い前髪をくしゃくしゃに揉《も》んで、ライはなんだかちょっと情けない顔で笑った。そして投げ出すように手を下ろし、はあっと短く息をついて、

「俺もね、この店継ぐとき家族に猛反対されて、精神的に荒れに荒れてた人なんです」

唐突《とうとつ》にして思いがけない告白に、菜乃香はしばらくぽかんとした。

「……荒れてるライさんとか、正直ぜんぜん想像つきませんけど」

「そりゃあ、今は一応大人ですから」

すましたように返したライは、一転、懐かしむように目を細め、

「あのときは大手企業に内定もらってたしね。それ蹴《け》って店やるとか言ったら、ダメだって言われるのは当たり前なんだけど。――俺、自分の考え曲げなかったんだよね」

ああ――だからだ、と、菜乃香はようやく理解した。

進学校に通いながら服飾の専門学校に行きたいなんて言っても、彼が否定もしなければバカにすることもなく、かと言って全面的に支持するわけでもなかったこと。

ライが、全部知っていたから。

「……あたし、もしかして昔のライさんと似てる？」

「まあね。だから放っとけない」

そう言ったとき、ライはいくらか大人の顔を取り戻していた。

「俺にはキミちゃんがいたけど、菜乃香の味方は？　もうそばにいないだろ？」

はっきり言わないのはやさしさだろう。菜乃香の戦友。もういない、いーくんのことだ。菜乃香がくじけてしまわないように、ただただ励《はげ》ましてくれた人。菜乃香にとっての彼と、ライにとってのいとこが同じだという事実が、なんだか変な感じである。

「キミさんって、ライさんのこと助けてくれたんですか？」

「うーん……厳密に言うと、ぜんぜん助けてはくれなかったよ。ああいう人だから。否定はしないけど責任持たない、みたいな」

でもね、と、やさしい顔で彼は言う。

「何もしてくれなくても、ひとりじゃないって思えるだけで、ひとりで戦えるんだよ。菜乃香にも、そういう心強さを知っててほしい。これは、つまり、そういうこと」

――できることはなくても祈ってくれている。

リユーバスボタンに隠してあった、ライの本当の気持ちだ。

（なんで最初から言ってくれないのかなー、もう）

あえて口には出さなかったが、不満だ。

一生ものプレゼントなのに、下手《へた》をしたら「もらった、うれしい」で終わるところだった。リユーバスだと分かっても、「バレンタインで贈るもの！　意味深！」と、斜めの方向に期待をふくらませるだけだったかもしれない。

——もっとも、ライからもらった時点で力をくれる宝物にはなっただろうけれど。

本当の意味が分かったからには、もう何にも負ける気はしない。

菜乃香は全身にやる気をみなぎらせ、製作中の服を持って裏の店に続く扉を押し開けた。

「ライさん、あたしがんばります！」

「ん。がんばれ、俺見てるから」

六月七日は、晴れだった。梅雨《つゆ》の晴れ間とかいうレベルでなく、夏みたいな快晴だった。

試運転がてら、掃除《そうじ》したばかりのエアコンをつけると、いい具合に冷風が降る。開店したてのころは動かしただけで充満するカビ臭《くさ》さをどうしていいか分からなくて、公隆に泣きついたものだ。もう懐かしいと思えるくらい前の出来事だ。

「どーした、来人《らいと》。そんな暑かったか？」

エアコンの下に佇《たたず》んでいると、昼からずっと店に居座っている公隆が、雑誌の紙面から顔を上げた。他人がいるときは「ライ坊」なんて呼んでさんざん人をおもちゃにするくせに、誰もいないとつまらないほど普通になるのがこのいとこの不思議な特性である。

「そうでもないけど。菜乃香、急いで来そうだから」

適当に返すと、ああ、と、公隆が片頬で笑った。

三条翔琉《さんじょうかける》を送り出すにあたって公隆から課された宿題。昨日の菜乃香は「明日には完成します！」と、宣言して帰って行った。言葉通りなら、今日完成品が届くはずだ。公隆もそれを待っている。

と、窓の向こうを見慣れた顔が横切ったのは、そのときだ。目ざとくその姿を見つけた公隆が、ウインドチャイムが鳴るなり「おー、菜乃香ちゃん。待ってた！」と雑誌を放る。

「できた？」

たずねるライに、菜乃香は「はいっ」と鼻息も荒くうなずいた。持っていた紙袋をレジカウンターの上に載せ、中から白と黒の服をひっぱり出す。

白い詰襟《つめえり》のフリルブラウスと、丈の違う三枚が重なるデザインの、黒いロングスカート。ゴスロリ路線だと言いつつも、ひらひらしすぎていないせいか「ゴシック」の方がやや強い。何にしても、当初予想していたよりもずっと立派な衣装がそこにあった。公隆の店にある猫脚のトルソーに着せ、目玉のコルセットを締めたら、おおいに目を引くディスプレイになるだろう。公隆も、右手にブラウス、左手にスカートを掲げて悦《えつ》に入《い》っている。

「いいねいいね。これ、うちのショーウインドウにぴったりだろ、ライ坊」

「だね。菜乃香すごいよ。がんばったね」

「はい！　もう、ラストスパートすごかったですよ！　自分で言うのもなんですけど」

自慢げに言う菜乃香に、素直に感服した。

結局彼女のミシンは返ってこずじまいで、大半を手縫《てぬ》いで仕上げたのだ。技術とか、道具とか、知識とか。足りないものは確かにあるかもしれないが、彼女の場合、この先も情熱ひとつでなんでもこなしていけるんじゃないだろうか。

「さっそく飾るか！　菜乃香ちゃん、今日誕生日なんだろ？　ケーキご馳走《ちそう》すっから、あとで店に寄れよ？」

「いいんですか！　うれしい！」

「よし、じゃあこの服飾って、誕生会兼観賞会な。ライ坊、おまえも店閉めたら来いよ」

じゃ、と、公隆はドレスをひっつかんで飛んでいった。その落ち着きのなさに、「台風みたい」と菜乃香が笑う。まったく同意だが、それだけ公隆も完成を待ちわびていたのだ。もちろん、ライ自身も。

「ホント、がんばったな、菜乃香」

「はいっ。これのおかげ」

菜乃香は左ひじを折って手首を強調した。腕時計のように手首に巻いているのは、例のリューバスボタンを使ったブレスレット。菜乃香は、持ち前の創作意欲でボタンをアクセサリーに変えたのだ。

と言っても色味の違う細い革紐《かわひも》を五本通しただけのシンプルな構造だが、据わりもよさそうだし見た目もいい。学校ではつけられないからバックチャームにするのだと聞いたときは、うれしいやら面《おも》はゆいやらでリアクションに困ったものだが、ライが思う通りの役目を果たせていたのなら幸いである。

ふつうに、今着ている服にも合っているし。

と、改めて菜乃香の恰好《かっこう》に気を留めたとき、「あ」と、ライはつぶやいていた。

「菜乃香、その服……」

「あ、気づきました？」

照れ笑いしながら、菜乃香はお嬢さまのようにスカートの裾《すそ》を引っ張った。

昭和っぽい切り返しの、キャロットオレンジのワンピース。襟《えり》と飾りポケットが白く、ポケットには大きなボタンが左右にひとつずつついている。六つ穴の空いた木のボタンだ。

縫い目は横線一本にかける印の、スターマーク。

彼女の人生において一番重要な意味があるだろう、特別なワンピースだ。

菜乃香は得意げに胸を反らした。

「今日から十九歳なので、気合を入れて着てみました。これ、あたしにとっては鎧《よろい》なので」

「鎧って。せっかくかわいいのに」

「……もう、からかわないでくださいっ」

菜乃香がくちびるを尖らせる。すねて見せるくせにうれしそうなのが透けて見えてしまうあたり、この子のかわいいところだと思う。まだまだ純粋で、素直な「女の子」。

「でも、十九歳か……」

立ち返ってみると、一番あいまいな年齢のように思う。自分が十九のときには大人のつもりだったが、今の自分から見るとてんで子どもだった。同級生より年上で、でも高校生の菜乃香は、なおのことそれを強く感じる一年になるかもしれない。

見飽きているはずなのにやっぱりわくわくした目でボタンを見つめる姿をなんとなく眺めていると、視線に気づいた菜乃香が首をかしげた。

「なんですか？」

「ん？　――ううん、なにも？」

誤魔化《ごまか》した直後、ちりんちりんとウインドチャイムが鳴って、団体のお客が入ってくる。

菜乃香はいつものように気をつかって、レジのそばから離れようとした。とっさに、「菜乃香」と呼び止めていた。

「はい？」

今日誕生日を迎えたばかりの、大人とも、子どもとも言えない彼女が、振り返る。

「来年の今日は一緒に飲みに行こうな」

「来年？」

菜乃香が驚いたように目をまたたかせる。

学生にとっては長い時間かもしれないが、仕事に追われているとあっという間に駆け去る一年という時間。

菜乃香はちゃんと想像できたのだろうか。

ちょっと小首をかしげ、「絶対ですよ？」と無邪気に笑った。

※この作品はフィクションです。実在の人物・団体・事件などにはいっさい関係ありません。

集英社オレンジ文庫をお買い上げいただき、ありがとうございます。
ご意見・ご感想をお待ちしております。

● あて先
〒101-8050　東京都千代田区一ツ橋2-5-10
集英社オレンジ文庫編集部 気付
きりしま志帆先生

ボタン屋つぼみ来客簿

—さまよう彼らの探しもの—

集英社
オレンジ文庫

2016年9月21日　第1刷発行

著　者　きりしま志帆
発行者　北畠輝幸
発行所　株式会社集英社
〒101-8050東京都千代田区一ツ橋2-5-10
電話【編集部】03-3230-6352
【読者係】03-3230-6080
【販売部】03-3230-6393（書店専用）
印刷所　株式会社美松堂／中央精版印刷株式会社

※定価はカバーに表示してあります

ISBN 978-4-08-680102-7 C0193

集英社オレンジ文庫

きりしま志帆

四つ葉坂よりお届けします

郵便業務日誌

鸙《ひばり》ヶ《が》原《はら》に暮らす春日浦ハルは、
四つ葉坂郵便屋の窓口で働いている。
大好きな先輩・六嘉に叱られながらも
幸せな毎日を過ごす中、出したはずの
手紙がなくなったという告発があり!?

集英社オレンジ文庫

木崎菜菜恵

バスケの神様

揉めない部活のはじめ方

中学時代、バスケに真剣になりすぎたことで、
部内で揉めて孤立した葉邑郁。
高校では部活に入らないと決めていたが、
郁のプレイを知るバスケ部部長が
しつこく勧誘してきて…?